AF291101

Dunkelt förebud

Weström/Eriksson

1.

Visby september 1977

På Visbys psykiatriska **klinik** satt överläkare Henrik Ståhl och knackade omedvetet med bläckpennan mot bordskivan. Han blickade oseende mot fönsterrutan. Träden utanför läkarexpeditionens kontor lystes upp av en lyktstolpes matta sken. Förbaskat att det skulle vara så svårt att formulera en presentation, tänkte han och sköt det blanka papperet ifrån sig. Tiden började bli knapp. I morgon skulle han presentera sig för ledningen och personalen. Vad kunde han uppge som skäl till att han flyttat till Visby, denna lilla stad, från det pulserande Stockholm med sitt utbud av nöjen och karriärmöjligheter? Inget lät trovärdigt men de fick inte ana att han hade gjort bort sig och blivit förflyttad. Allt på grund av Marianne.

Marianne, chefens dotter. En lång mörk smal kvinna, med kurvorna på rätta ställena. Han hade inte haft en aning om att det fanns en fästman förrän denne en dag hade dykt upp utanför kliniken och gett honom en snyting över näsan. Det hade känts märkligt och förnedrande när Marianne inför fästmannen hade anklagat honom för att ha ofredat henne efter det att de hade haft ihop det kvällen innan. Dagen efter hade han fått order om att infinna sig hos klinikchefen, Martin Braas, tillika Mariannes far. Han hade bara nickat kort åt Henrik utan att möta hans blick och lagt ett papper på skrivbordet för att sedan räcka honom en penna.

"Ja det behövs nog inte ordas något mera om det här. Skriv på och jag låter udda vara jämt", sa Martin Braas, fortfarande utan att lyfta blicken.

Henrik läste, men var tvungen att börja om då han hade svårt för att ta in vad som stod.

"Men…?" försökte han och tittade på Martin.

"Jag tänker inte diskutera det här. Du har helt klart gått över gränsen."

Henrik läste igenom avtalet om uppsägning och suckade. Hur kunde det bli så här? Hur i hela friden skulle han kunna förklara en sådan sak?

Henrik gick med tunga steg mot dörren och insåg att han var riktigt illa ute.

"Du Henrik! En sak till. För att inte Joakim skall slå upp förlovningen skall du skriva ett brev till Marianne där du tar på dig all skuld, är det förstått. Annars skall jag se till att du aldrig får arbeta som överläkare igen."

"Ska jag …?" började Henrik, för att sedan nicka kort. Han hade inte mer att hämta där.

…

Fortfarande med ett tomt papper framför sig på skrivbordet, insåg han att dagens arbetspass började lida mot sitt slut. Av ljudet mot fönsterrutan förstod han att vinden hade tilltagit i styrka och de glittrande prickarna vittnade om att det även hade börjat regna.

Henrik öppnade skrivbordslådan och lade ner det oskrivna pappret och fick syn på asken med körsbärspraliner. Som han älskade dessa chokladtoppar, var och en fyllda med ett syrligt körsbär i likör. Han öppnade asken med andakt och skulle precis ta sig en bit, när allt helt plötsligt blev mörkt.

"Vad hände? Blev det strömavbrott?"

Henrik släppte chokladpralinen och reste sig från stolen med en rysning. Han hade aldrig tyckt om mörker. Han trevade efter något att tända med. Hade han inte sett en ficklampa någonstans?

Det knackade på dörren.

"Ja!" svarade han betydligt mer stressat än han hade tänkt sig.

Henrik möttes av ett bländande sken och viftade avvärjande med handen.

"Åh! Förlåt, det var inte meningen", sa en ljus, mild kvinnlig röst.

"Är det strömavbrott eller kan det vara så att en propp har gått?" frågade Henrik betydligt lugnare, nu när han kunde se. Han såg förtjust på den nätta brunhåriga sköterskan.

"Det är strömavbrott. Det händer ofta här på ön", svarade kvinnan lugnt.

"Förlåt! Jag kanske skulle ta och presentera mig. Jag heter Henrik Ståhl och är den nya överläkaren här." Han sträckte fram handen – vilken len liten hand, tänkte han när hans slöt sig om hennes. Henrik log sitt charmigaste leende och blev nöjd när han såg gensvaret i hennes gröna ögon.

"Elsa Nilsson. Jag jobbar som sköterska här. Välkommen! Vi blir nog tvungna att gå ut på avdelningen, det är väldigt oroligt där ute."

Henrik lyssnade till allt oväsen, som tycktes omsluta honom från alla håll. Hur skulle de gå till väga där i mörkret? Ett bankade ljud ekade runt dem blandat med förtvivlade och ilskna rop.

I samma stund öppnades ytterdörren och en kraftig ljuslockig kvinna i trettiofemårsåldern kom in.

"De här förbaskade strömavbrotten!" grymtade hon på finlandssvenska.

Kvinnan stannade upp när hon fick syn på Henrik.

"Det här är vår nya överläkare Henrik Ståhl", sa Elsa och tittade upp på honom med glittrande ögon.

"Jahaja!" svarade kvinnan och räckte honom handen. "Jag är sjuksköterska på det här stället och heter Sirpa Kauppi."

Han nickade kort till svar och ruskade på huvudet åt allt oväsen som tycktes tillta i styrka."

"Så! Lugna nu ner er. Jag kommer alldeles strax och räddar er", ropade Sirpa med hög röst.

Ett knastrande ljud från en transistorradio vittnade om att strömmen kommit tillbaka och allt blev åter ljust.

Det som i ena stunden varit ett kaos av oljud vändes helt plötsligt till en vilsam tystnad. Men så började en kvinna skrika och Sirpa tittade neråt korridoren.

"Hjälp! Någon har försökt ha ihjäl mig", hördes en röst ropa inifrån ett av rummen.

Sirpa vred om nyckeln och de gick in till den förtvivlade kvinnan medan Henrik stannade tvekande på tröskeln.

"Nejdå Anna! Du har bara drömt något otäckt", sa Sirpa lugnt och lade handen på hennes axel.

"Se här då!" Sa Anna upprört och visade upp en arm med tydligt röda märken.

"Vem skulle kunnat ha kommit in här? Dörren var ju låst?" sa Elsa lugnande.

"Ni får tro vad ni vill, men den dagen ni kommer att hitta mig liggande död här, kommer ni att veta att jag hade rätt. Det finns ondska här som kommer och går som den vill!" utropade Anna och stirrade stint mot dörröppningen.

"Du ska få något lugnande att sova på", sa Sirpa och drog upp sin stora nyckelknippa ur fickan och gick ut i korridoren.

Ytterdörren öppnades och en storvuxen man i grova arbetskläder kom in.

"Ja, så var det dags igen", sa Sirpa muntert.

"Det är för jäkligt att man måste ut och ställa allt tillrätta mitt i natten", muttrade mannen irriterat.

”Äsch! Så farligt är det inte och klockan är inte så mycket än”, svarade Sirpa med ett leende.

Mannen fnyste och kastade en snabb blick på Henrik, som räckte fram handen.

”Henrik Ståhl!”

”Jaja! Den nya. Ja jag har minsann hört talats om dig”, sa mannen och tog honom i hand.

”Hört vadå?” försökte Henrik säga så lugnt han förmådde och svalde hårt.

”Njae, du vet, att inte jag skulle vara den enda snygga mannen här på stället längre”, svarade mannen med en antydan till leende. ”Jag heter förresten Ulf Ronsten och har hand om all service på det här bygget.”

”Allmänt kallad Uffen”, svarade Sirpa och klappade honom på axeln.

”Absolut inte! Det är herr Ronsten som gäller.”

”Ja, säger du det så”, svarade Sirpa och log. ”Vad skall du göra denna gång då, Uffen?”

”Jag skall släcka i källaren. Den förbaskade lampan envisas med att lysa efter varje strömavbrott”, sa han och försvann muttrande iväg.

De tre blev åter ensamma och Henrik tittade fundersamt efter mannen.

”Har han alltid jour? Det verkar vara mycket arbete för en man.”

”Du behöver inte bekymra dig för honom, så farligt är det inte”, sa Sirpa.

”Inte?”

”Han bor i en lite lägenhet här på sjukhuset, med egen utgång mot gården. Uffen har tagit på sig det här arbetet frivilligt. Du förstår, han hör till det här stället. Hans mor blev intagen och han vistades mycket här hos henne. När hon dog blev han kvar.”

”Lustigt…”

”Ja på sätt och vis, men han behöver det här stället, lika mycket som vi behöver honom. Han är händig med det mesta.”

Sirpa hällde upp lite medicin i en kopp och gick in till Anna. Henrik kikade in i rummet och såg på kvinnan i sängen.

”Seså! Ta nu det här, så ska du se att det snart känns bättre”, sa Sirpa uppfodrande.

Anna gjorde en grimas men svalde lydigt medicinen.

”God natt med sig”, sa Sirpa och lämnade rummet

*

Leif drog täcket om sig och vände sig leende in mot väggen. Han hörde att det rasslade i låset och såg på väggen hur det bildades en tunn ljusspringa när dörren öppnades. Leif ansträngde sig för att andas lugnt men det var svårt när han bara ville skratta högt.

"Ser du nu, han sover", viskade Elsa.

"Konstigt? Jag kunde nästan ha svurit på att det var han", svarade Sirpa.

"Men hur skulle han ha kommit ut, dörren är ju låst", sa Elsa tvivlande.

"Det har du förstås rätt i, men något konstigt är i görningen det kan jag svära på."

Det var underbart att ha denna makt att kunna skrämma folk, tänkte Leif med handen hårt om soppsleven under kudden.

*

Henrik gäspade och tittade på sitt armbandsur. Det var dags att bege sig hem.

"Kan jag också gå nu?" undrade Elsa.

"Självklart! Du slutar väl nu du med?" svarade Sirpa lugnt och låste medicinskåpet.

Henrik hade egentligen inte lust att gå hem, men vad annat kunde han göra? Han kände närvaron av Elsa och vände sig om.

"Får jag kanske fresta med en chokladpralin?"

Elsa tittade upp på honom med vänlig blick och nickade ivrigt.

Han öppnade dörren in till kontoret och klev in.

Något litet och mjukt brast under hans sko och han upptäckte att han trampat på en pralin. Körsbärslikör flöt ut på den fina mattan. Över hela golvet låg chokladbitar utströdda. Hade han varit så fumlig att han hade hällt ut alla praliner?

"Åh nej! Vilket röra", sa Elsa och började samla ihop de övriga bitarna och lade dem i den tomma asken.

…

"Du har inte ändrat dig och vill ha skjuts hem?" undrade Henrik och tittade stolt på sin Mercedez som stod parkerad en bit bort.

"Nej tack! Jag cyklar och det är inte så långt hem."

"Ja, då ses vi väl i morgon då", sa Henrik och började gå mot parkeringen.

"Det gör vi. God natt!"

Han såg med avsmak på de vita fläckarna och skänkte fåglarna en irriterad tanke. Varför kunde de inte bara flyga över, utan att skita ner? Kunde det bero på färgen, han kanske borde ha köpt en silverfärgad istället för mörkblå?

Henrik sträckte sig in och öppnade handskfacket och slet åt sig sprayflaskan med rengöringsmedel och en trasa, ett måste, han stod inte ut med tanken att köra omkring med en fläckig bil.

…

Henrik svängde ner till lasarettsbacken för att sedan vika av in på Bergsgatan när det dök upp en cyklist i mörkret. Med hjärtat i halsgropen såg han hur cyklisten for omkull och tvärnitade. Han rusade ut och fram till cyklisten.

”Elsa? Vad gör du här?” utbrast Henrik förfärat och hjälpte henne upp.

”Ingen fara! Det gick bra, men vad gör du här?”

”Jag bor i det gula huset, näst längst ner på höger sida”, sa han och pekade neråt gatan.

”Nr 16?”

”Ja det stämmer.”

”Det här är inte klokt, men jag bor på 14!” sa Elsa och rodnade. ”Eller rättare sagt, mina föräldrar bor där och jag bor där för tillfället.”

”Är vi grannar?”

”Det verkar inte bättre. Men varför har jag inte sett dig här förut?”

”Nyinflyttad.”

”Ja det förklarar ju en hel del”, sa Elsa leende och började gå.

Henrik satte sig i bilen och körde den sista biten hem och parkerade längs med muren. Han kastade en blick över axeln och höjde handen lätt till en hälsning.

2.

"Kommer du redan?" utbrast Astrid förvånat.

"Ja, som du ser, kära hustru. Finns det någon mat? Jag är hungrig", frågade Henrik utan att möta hennes blick.

"Nej! Jag bad hembiträdet att laga mat för en person. Jag visste ju inte när du tänkte komma hem", svarade Astrid och ställde ifrån sig nagellacket och synade sina nymålade röda naglar.

"Vad har du ätit för något då?" undrade Henrik och tittade irriterat på det välfriserade blonda håret för att slippa möta hennes blick.

"Pannbiff med lök…"

Henrik kände hur det knöt sig i magen av hunger. Pannbiff som var så gott.

"Du får väl ta dig en smörgås, men rör inte rostbiffen, den är min lunch i morgon."

Astrid rättade till morgonrocken om sin slanka kropp och gick in i vardagsrummet.

Henrik slog sig ned vid köksbordet. Här skulle han behöva leva på en ynka smörgås, medan hon tryckte i sig god mat. Han kunde ha svurit på att han sagt han skulle bli sen. Bitterheten steg inom honom.

Det skramlade till inifrån vardagsrummet och det välbekanta ljudet av hur det lilla bordet föstes åt sidan, fick honom att se rött.

"Henrik! Tappar du upp ett fotbad till mig?"

Här hade han varit och jobbat hela dagen, medan hon själv hade ägnat sig åt nöjen.

"Henrik!"

Han hämtade fotbaljan och ställde den under diskbänkskranen och vred på med full värme.

"Glöm inte att hälla i tvål!"

Så innerligt trött han var på henne. Att ständigt behöva fjäska och springa ärenden. Han sträckte sig efter tvålflaskan, för att i sista sekund ändra sig och ta diskmedel istället.

"Det var på tiden det", sa Astrid sarkastiskt och satte sig upp i soffan.

Henrik satte baljan på golvet framför hennes fötter och råkade nudda vid hennes bara ben. Hennes guldfärgade sidenmorgonrock gled isär och han kunde inte låta bli att se. Hon var ännu vacker, åren hade faktiskt bara varit till hennes fördel, och det visste hon.

”Inbilla dig inget”, sa hon hastigt och drog rocken tätare om sig.

Han lämnade rummet utan ett ord. Det var väl lika bra att gå och lägga sig. I morgon var han tvungen att ta itu med sin presentation.

…

Henrik tog undan den tunna spetsgardinen och drog in den friska luften från sjön. Det kändes fortfarande lite märkligt att från den ena dagen ha sitt fönster öppet ut över storstans buller och avgaser till att i nästa stund få andas sjöluft. Han kastade en blick in mot grannhuset och såg hur det lyste i ett rum på övervåningen. I samma stund hans tanke snuddade vid Elsa, såg han konturerna av en kvinnokropp genom den neddragna rullgardinen. Vad kunde hon tänkas bära för underkläder? Hade hon samma dyra smak som Astrid? Svart spets eller kanske silke i ljuvt rosa, bägge alternativen var väldigt tilltalande.

…

Henrik vaknade tidigt nästa morgon. Dock inte av väckarklockan, utan av en begynnande huvudvärk. Två par lyckliga ögon mötte hans blick och han kände sig lätt illamående. Där stod de, i sina ungdomsdagar och log mot honom, från sitt bröllopsfoto. Han i smoking och hon i vit brudklänning och slöja. Hade de varit lyckliga en gång i tiden? Ja i ungdomligt oförstånd hade de nog varit det. Hon var inte bara vacker och spännande, hon hade även pengar, mycket pengar.

Han hade spelat svårfångad och det hade funnits många att förlusta sig med, men för Astrids del hade det bara varit han. Visst hade han varit naiv. Inte trodde han att det skulle bli några problem, så självklart skrev han på äktenskapsförordet som hennes far hade stuckit under näsan på honom. De var för evigt bundna till varandra vare sig de ville eller ej. Hon vägrade gå ifrån honom på grund av skam och han var beroende av hennes pengar.

Enbart döden skulle lossa deras bojor. Han ägde knappt sina skor. För att inte tala om bilen. Tänk om han skulle bli tvungen att lämna den ifrån sig? Vilken sorg. Hans käraste ägodel. Han hade naturligtvis sin lön, men efter hans fatala misstag hade hon krävt full kontroll över deras ekonomi. Nu fick han bara fickpengar och de räckte inte så långt. Han hade skaffat sig dyrbara vanor under åren som gått. Så förnedrande att behöva be om pengar, känslan av vanmakt var stark.

Han satte sig tungt upp på sängkanten och hoppades innerligt att Astrid hade hunnit ge sig iväg. Han orkade inte se henne gå omkring i morgonrock, pratande i telefon, vilket hon ägnade mycket tid åt. Väninnor hade hon överallt i Sverige. Han hade knappt några alls. Ja några ytliga vänner hade han väl, men inga som han direkt längtade efter att träffa. Skulle han ta den gröna eller den bruna blazern?

Han höll dem framför sig och tittade i spegeln. Det var viktigt att mötet gick bra. Om hans yttre var till fördel skulle han känna sig trygg och prestera bättre. Han öppnade lådan med slipsar och fick genast syn på en gul, vilken skulle passa ypperligt till den bruna blazern. Ja så fick det bli, det fick bli brunt idag. Han kastade en blick ut mot Elsas fönster och funderade på om det var ödet som fört dem samman, grannar och samma arbetsplats.

*

Astrid smuttade på kaffet och gjorde en grimas. Lite för starkt och inte hennes favoritsort.

Hon hörde Henriks steg i trappan och rättade till håret.

"God morgon! Sovit gott?"

Henrik ryckte på axlarna och log kort mot henne innan han tog kaffekannan från bryggaren och hällde upp en kopp. Han tog en ostsmörgås från fatet, den var vackert dekorerad med tomat och gurka. Anna, hembiträdet som ingått i husköpet, var tydligen ett fynd även om hon var till åren kommen.

"Du är uppklädd! Något speciellt på gång?"

"De har bett mig att komma till lasarettet för en presentation."

"Spännande! Ja då får du väl se till att göra ett gott intryck på dem. Själv skall jag till röda korset idag."

Astrid tittade på Henrik och kände sig smått ångerfull. Varför hade hon stött bort honom i går? Skulle de någonsin komma tillrätta med sina problem fick väl också hon bjuda till.

Han ruskade på huvudet och hällde ut den sista skvätten i slasken.

"Vänta lite…" sa hon och reste sig från bordet. " Kragen ligger fel."

Hon kände doften av hans diskreta deodorant och kunde inte motstå lusten att stryka fingertopparna mot hans nacke.

"Lycka till", sa Astrid och gav honom en lätt kyss på kinden.

"Tack det kan jag behöva", sa han leende och lämnade köket.

Astrid tittade efter honom, måtte han nu bättra sig och sluta jaga efter kvinnor. Det var inte lätt att lita på honom men hon skulle ge honom en sista chans. Vad hon skulle ta sig till om han återigen var otrogen, visste hon inte men då måste hon göra något. De första gångerna hade gjort fruktansvärt ont. Hon hade kunnat ge vad som helst för att få slippa uppleva det, men med tiden hade hon blivit allt mer luttrad.

Att genomgå en skilsmässa kändes oändligt tungt. Att inte ens kunna hålla kvar sin man när man var så rik som hon ändå var, skulle kännas fruktansvärt förnedrande. Hur skulle hon förklara en sådan sak för släktingar och vänner, för att inte tala om pappa? Nej usch! Det ville hon inte ens tänka på.

Vinden nerifrån Norderstrand friskade i och han tog ett stadigt tag om sin portfölj. Henrik visslade glatt medan han gick vägen ner mot havet, där hans bil stod parkerad. Så otroligt skönt det var att ha presentationen gjord och dessutom bli bjuden på mat. Där fick hon, för att hon missunnade honom pannbiffen kvällen innan, för det verkade som ett ödets nyck när det hade serverats som dagens lunch. God hade den varit också. Han hade tagit en extra biff och blivit tvungen att släppa ut skärpet en aning. Henrik vred på stereon och lät sig ryckas med i musiken medan han körde den branta gatan upp.

3.

"Är alla uppe?" frågade Sirpa i förbifarten med termosen i högsta hugg.

Elsa ögnade genom församlingen runt bordet och nickade.

"Det är dukat för fyra till?" sa Anna oroligt.

"Ja vi tänkte bjuda Uffen och överläkare Henrik Ståhl också. De kan behöva lite tårta de också. Nu ser du till att sköta dig Leif, för vi blir tvungna att placera dig jämte Ulla, vi får inte plats annars."

Elsa såg att Ulla tittade osäkert på Leif.

"Jag lovar att hålla koll på honom", svarade hon lugnande.

Ytterdörren öppnades och Henrik gjorde entré med Uffen i släptåg.

"Oj! Så fint ni har gjort här då" sa Henrik glatt. "Hej på er alla, jag kanske skulle passa på och presentera mig."

"Det låter som en bra idé", sa Elsa och drog ut en stol åt honom. "Sätt dig här, så kommer Sirpa med kaffet."

"Jag heter Henrik Ståhl och är den nya överläkaren här på psykiatrin," sa Henrik och harklade sig.

"Hjärnskrynklare?" utbrast Pedro och blängde misstänksamt på Henrik.

"Nej fy så hemskt…", sa Ulla ängsligt.

"Ja en riktig hjärnskrynklare som går in med långa nålar och rör om i din hjärna", sa Leif och såg med en bister min på Ulla.

Elsa suckade. Varför skulle han alltid hålla på så där? Han visste så väl att Ulla var rädd för allt, ja precis allt, faktiskt.

"Leif! Vad bad jag dig om tidigare?"

Leif låtsades inte höra och plockade därefter upp sin gaffel och tryckte den lite lätt mot Ullas huvud och vred den fram och tillbaka.

"Nej! Jag vill inte!" skrek Ulla och drog upp luvan på sin stora orangea tröja över huvudet.

Elsa tog irriterat ifrån honom gaffeln. Leif blängde argt men hon valde att nonchalera honom.

”Vem har vi här då?” sa Henrik leende och nickade mot Anna.

”Jag heter Anna och jag mötte dig som hastigast igår kväll.”

”Aha! Ja må då säga att jag inte kände igen dig”, svarade Henrik och nickade gillande mot Annas söta uppenbarelse.

”Vilket jävla tjafs”, muttrade Knut och satte ned kaffekoppen med en smäll.

Det här ska bli intressant, tänkte Elsa. Det hade inte alltid varit så lätt att handskas med den argsinta mannen, men personalen här på avdelningen hade faktiskt haft riktigt bra hand med honom på senare tid. Han hade rent bokstavligt skrämt slag på hela bostadsområdet han hade bott i. En äldre kvinna hade fått en hjärtinfarkt av hans framfart och så hade han hamnat här.

”Tycker du det?” svarade Henrik och mötte honom med en lugn blick.

”Ja va fan! Sitta här och berätta vad vi heter? Det är väl skit samma? Inte en jävel har någonsin brytt sig på det här stället så varför ska vi göra det nu?”

Sirpa reste sig från bordet och gick med bestämda steg fram till Knut.

”Fick du inte sova middag tillräckligt länge?”

Knut tittade under lugg på Sirpa och tystnade.

"Du har fått kaffe och tårta, så jag föreslår att du går in och vilar en stund till."

Den lille magre mannen med byxor som hölls uppe av ett par hängslen reste sig hastigt från bordet och nickade kort till de andra, innan han försvann bort i korridoren.

Det verkar ju lovande, tänkte Elsa och följde Henriks blick, som nu föll på Stina, en liten mager kvinna som satt hopkurad med benen uppdragna på stolen.

"Jag heter Stina, men jag är snart bara ett minne blott", viskade kvinnan.

"Så?"

"Jag vill inte mer."

"Det har du sagt hur länge som helst", fyllde Leif i, men tystnade tvärt då Sirpa kastade ett strängt öga på honom.

"Kan vi prata lite sen, på tu man hand?" undrade Henrik.

"Passa dig! Nu kommer han att krypa under skinnet på dig", väste Pedro och tittade misstänksamt på Henrik.

Leif utnyttjade tillfället och slet åt sig en gaffel och satte taggarna mot Ullas nacke och härmade ljudet av en drillborr. Hon gav ifrån sig ett illtjut och reste sig från bordet högljutt gråtande.

Hon visste det! Han kunde inte låta bli henne. Tänk om Ulla kunde lära sig att hantera en sådan som Leif, då skulle hon klara sig bra ute i samhället. Elsa reste sig och la armen tröstande om Ulla.

”Lås in henne! Hon kan ju inte bete sig bland folk”, muttrade Leif irriterat.

”Jag tackar så mycket för mig, har ännu lite jobb att uträtta på kontoret. Det var en jättegod tårta ni hade bakat” sa Henrik, reste sig och lämnade snabbt rummet.

”Hur är det fatt, Anna?”

”Så otroligt snygg!”

”Menar du Henrik? Visst… svarade Elsa och bet sig snabbt i tungan. Herregud! Inte kunde hon stå här och prata om den nya överläkaren? Hade hon blivit skvatt galen?

”Den skulle jag passa mig jädrig noga för. Han har nog en hel del brustna kvinnohjärtan i sitt bagage”, muttrade Sirpa hårt.

*

Henrik tittade ut genom fönstret och slog igen pärmen. Att läsa diagnoser och annan problematik inom psykiatrin hade alltid intresserat honom, men att kunna handskas med det rent praktiskt var en helt annan sak. Faktum var att han hade känt sig väldigt obekväm när oron hade spridit sig på avdelningen. Han var kompetent inom sitt område, men han skulle helt klart hålla sig till det teoretiska. Han tittade på klockan och insåg att det började bli bråttom. Det gällde att inte komma försent när Astrid ville bjuda ut honom på middag.

Han plockade snabbt ihop på skrivbordet och skyndade ut till bilen. Restaurang Lindgården på Strandgatan lät lovande och han var väldigt hungrig.

…

Henrik kunde inte släppa blicken av husets framsida. Här fick man verkligen en känsla av en svunnen tid.

"Visst är det vackert?" sa Astrid och lade sin hand på hans arm.

"Det måste vara jättegammalt."

"Jag tror bestämt att det har anor tillbaka till trettonhundratalet." De gick uppför trappan och in genom den vackra dörren.

"Välkomna! har ni beställt?" frågade hovmästaren.

"Ja, Astrid Ståhl."

"Det stämmer bra det. Då får ni komma med mig här."

På värdshusets bord låg vita linnedukar vilka var pyntade med blommor och levande ljus. Ljuset var dämpat och hela atmosfären andades lyx och romantik.

Något gnagde långt där inne i hans bakhuvud. Hade hon något speciellt syfte med att bjuda ut honom, så här en vanlig onsdag? Han tittade på henne där hon satt och tittade på de vackra vägglamporna. Hon märkte hans blick.

"Ja?" sa hon undrande.

"Du är vacker ikväll…"

Hon höjde på ögonbrynen och mötte hans blick.

Hennes ögon började glittra och hon log varmt mot honom.

"Tack, det var länge sedan du sa något rart till mig." Hon tvinnade en hårslinga mellan fingertoppar med mörkrött nagellack, en blodröd nyans som fick honom att rysa till.

"Jag menar det", sa han och såg sig om efter servitrisen. "Är det något speciellt vi firar ikväll?"

Skulle hon ta frågan som en förolämpning? Nej, där fanns ett litet leende.

"Egentligen inte, men jag tycker att vi borde anstränga oss lite mer. Du har väl jour i morgon kväll, eller hur?"

En servitris log välkomnade och lämnade kvällens meny.

"Ja…jo det är väl så."

Restaurangen som hade varit nästintill tom, fylldes nu på med gäster och de lediga borden försvann i rask takt. I bakgrunden hördes pianospel och ett svagt skramlande från köket. Henrik kände hungern suga tag när han öppnade menyn.

"Önskar du något speciellt?"

"En blodig biff, skulle sitta fint", sa Henrik längtansfullt.

"Jag skulle kunna tänka mig fisk."

Han kunde inte låta bli att dra på mun. Vad han kunde minnas hade de aldrig valt lika, inte inom något område. Servitrisen tog upp deras beställning och skyndade iväg.

Henrik lutade sig nöjt tillbaka på stolen. Maten hade varit jättegod, vinet likaså.

”Mätt och belåten? Du vill inte ha dessert?”

Han tittade på henne och räckte ut sin hand över bordet.

”Orkar du verkligen mer?” sa han förvånat och kände sig glad när hon tog hans hand.

”Jag är visserligen mätt, men vill inte att kvällen ska ta slut. Jag har förresten gjort en bra affär idag.”

Han mötte undrande hennes blick.

”Målningen av Zorn! Jag har ju berättat att jag lagt bud.”

”Förlåt! Visst kommer jag ihåg det. Då blev väl pappa glad?” Henrik dolde sin bitterhet noga.

”Klart att han blev nöjd, men han har alltid litat till mitt omdöme.”

”Jag skulle behöva lite pengar…”

Han såg hur hennes ögon smalnade och att hon tittade misstänksamt på honom.

”Inga fler affärer med ockrare får jag hoppas.”

Han lutade sig fram för att kunna prata mer ostört. ”Det där var en engångsföreteelse det vet du, det har jag lovat.”

Hon nickade mot karaffen med vin och han fyllde på hennes glas.

”Det blev en dyr historia.”

”Det här kan inte gå fel. Jag har sett på en sommarstuga, i Fröjel.”

”En sommarstuga…?”

Han nickade ivrigt. ”Jag tänkte att vi…”

”Vi? Det ska alltså vara vår sommarstuga?”

”Ja…”

Det var i stort sett ofarligt att lova det, hon var alldeles för bekväm och skulle aldrig tolerera mörkret och småkrypen. Nej, stugan skulle bli hans eget ställe.

”Jag vill se den och prata med mäklaren.”

”Se den kan du väl få göra, men jag vill sköta affären. Vad skall mäklaren tro om du kommer med pengarna, tänk lite på min stolthet.”

”Nåja, vi får väl se hur det blir.”

Henrik fick nöja sig med det, det var hon som bestämde, det visste de båda.

Servitrisen frågade om de önskade något mer, men för hans del fick det räcka. Han hade redan tagit ett par glas vin för mycket.

Pinsamt nog kände han sig rusig och blev tvungen att ta ett stadigt tag om räcket för att inte halka nerför trappan.

”Hur är det älskling? Känner du av vinet?” undrade Astrid och tog ett tag om hans arm,

Det var ingen idé att neka, hon kände honom för väl. Astrid såg på honom med en förförisk blick. De kanske skulle gå hem så de hann nyktra till innan sänggåendet. Men när han föreslog det såg hon på honom med förfärad blick och skrattade.

"Är du galen, älskling? I de här skorna!"

Han såg på hennes högklackade skor och instämde. Hon skulle förmodligen riskera att bryta en fot om hon skulle gå hem på dessa hala kullerstensgator.

…

Taxin rullade sakta in på deras gata och stannade mjukt utanför deras grind.

Henrik och Astrid som satt tätt omslingrade i baksätet, påverkade av både vin och varandra, märkte inget.

"Ursäkta! Vi är framme på Bergsgatan nu."

Henrik ryktes brutalt ur sin förtrollning och grymtade fram en ursäkt och räckte fram några sedlar, som räckte mer än väl.

"Det är jämt."

Henrik kände den friska höstluften mot sin kind och drog in ett djupt andetag. Det var evigheter sedan det hade känts så här bra med Astrid. Hade vinet påverkat deras omdöme? Han såg att ytterdörren stod på vid gavel och förstod att hon redan hade försvunnit in. Jaha! Då var det väl slut med det trevliga för denna gång då, tänkte han och tog trappan i två kliv. Han fnissade för sig själv när han kände igen en

välbekant känsla sen förr, när han såg hennes skor ligga
slängda i en hög på golvet och hennes blus, vilket hon hade
haft tidigare under kvällen, slarvigt hängande på en stol. Han
följde spåren av hennes kläder och såg att de fortsatte uppför
trappan. Ljuset var tänt i badrummet. Vågade han ta det sista
steget in dit? Skulle han bli avvisad?

"Väntar du på mig?" sa hon mjukt när hon steg ut i hallen.

Morgonrocken gled isär och han kunde tydligt se hennes
nakna kontur, i ljusspringan från toaletten. Han motstod
lusten att sträcka fram sin hand, när hon helt plötsligt räckte
ut sin hand och drog honom närmare sig.

"Vill du…"

"Kom! Fundera inte för mycket. Ikväll är vi lyckliga och
allt känns bra. Gör mig sällskap i natt."

Han tvekade inte för en sekund. Han älskade sin fru och
hade saknat henne. Ärligt talat, så hade han nog gett upp
hoppet om en försoning.

…

Henrik vaknade av Astrids djupa andetag. Han vände sig mot
fönstret och möttes av månens bländande sken. Han vände
sig tillbaka igen och såg på Astrid i det trolska ljuset och
kände sig osäker. Skulle allt vara lika bra i morgon bitti eller
skulle hon ångra sitt tilltag? Han satte sig upp på sängkanten
och tvekade. *Nej, det är nog bäst att jag går in till mig,* tänkte han
och smög med tysta steg ut från hennes rum.

Nästa morgon vaknade han med en fruktansvärd huvudvärk. Hade han verkligen druckit så mycket igår att han skulle behöva bli dragandes med baksmälla? Han höll krampaktigt i räcket när han gick nerför trappan. Han hällde upp ett glas vatten och fick syn på lappen på köksbordet.

Godmorgon älskling! Jag litar på ditt omdöme och skriver ut en check. Puss!

4.

Ingria tog ett stadigt tag om hårtofsen och lade vant den tunna silkesschalen runt huvudet och fäste den med ett par säkerhetsnålar. Det tjocka svarta håret ville helst leva sitt eget liv i frihet, men hon hade valt att hålla det stramt. De stora ringarna i hennes örsnibbar glittrade vackert till det röda tyget och visst kunde man urskilja det romska arvet. Det var torsdag och hon skulle till Röda korset som vanligt. Veckans insamling av kläder skulle sorteras och det var något hon tyckte om, denna givmildhet. Även om en del hade den dåliga smaken att skänka trasiga och lortiga kläder.

Det var en ovanligt vacker höstdag och Ingria njöt där hon gick genom innerstan med solens värmande strålar i ansiktet. Än satt löven kvar på träden och dess gulröda blad fick henne att känna sig varm. Som vanligt gav den höga järngrinden ifrån sig ett gnällande ljud, när hon öppnade den och sköt igen den med en smäll. *Ingen här? Är jag först på plats?* Hon fortsatte in genom porten och kunde genast urskilja skrammel av porslin och mummel. Nej, först var hon inte, tänkte hon och drog in den ljuvliga doften av nykokt kaffe.

”Hejsan! Så roligt att se dig.”

”Hej och tack detsamma, Sirpa! Så ni är redan på gång?”

Ingria log och kände värmen av deras vänskap. De hade inte känt varandra länge, men det hade klickat från första stund när de möttes på Röda korset. Det var nog minst tjugo år som skilde dem åt, men de var båda från Finland och det kändes alltid lite extra när hon träffade någon därifrån.

”Ja, jag var nog här redan för en timme sedan. Hantverkare i huset vet du.”

”Vem har du med dig från S:t Olof idag då?”

”Ulla.”

”Det känns som evigheter sedan jag träffade henne.”

”Ja, hon har inte varit riktigt i form på sistone.”

Ingria såg sig omkring, men kunde inte se henne någonstans.

”Var är hon?”

”Där”, sa Sirpa och pekade mot en hög med kläder.

Ingria gick fram till bordet. ”Nämen där är du ju! Hej Ulla! Jag såg dig inte först. Så fint du har sorterat i färger.”

”Jag vill inte…” mumlade Ulla och stirrade stint på klädesplagget hon hade framför sig.

”Vill du inte sortera kläder idag?”

"Jag vill inte prata med någon…" sa Ulla och vände sig demonstrativt bort.

Ingria såg ryggtavlan på den lilla magra kroppen, vilken helt plötsligt förlorade sitt huvud, då huvudet försvann in i den trånga polokragen.

"Förlåt. Du behöver inte prata, men skulle du ändra dig, så finns jag här."

Ingria sträckte sig efter ett klädesplagg och luktade försiktigt på det. Det var märkligt, men kläderna gav henne flera olika känslor och tankar.

Ytterdörren for igen med en smäll.

Ingria tittade sig leende omkring. Blicken stannade nyfiket på det pratglada gänget som steg in. Det var många nya idag. Ingria kände sig upplivad, alltid roligt att träffa människor, gamla som unga.

"Ingria! Här har vi Astrid, en nykomling", sa Sirpa och log.

"Välkommen!" sa Ingria och tog emot Astrids utsträckta hand. Ingria ryckte till när det välbekanta men otäcka surret i huvudet gav sig tillkänna.

"Förlåt, sa Ingria tveksamt och log stelt. "Astrid, var det så?"

"Astrid Ståhl! Ny i stan."

Ingria kände sig generad. Det hade verkligen inte varit hennes mening att framstå som otrevlig. Hon tittade förundrat på den eleganta kvinnan, som försvann vidare till

nästa bord för presentation. Varför i hela friden surrade det
så obehagligt i huvudet? Hon skämdes för tanken, men
Astrid såg faktiskt inte ut att passa in här. Ärligt talat, så
skulle hon vilja placera henne i en "finare" krets. Inte för att
Ingria kunde något om mode, men det syntes tydligt att
dräkten hon bar var av dyrbarare kvalité och snitt. För att
inte tala om pärlhalsbandet med matchande örhängen och
det eleganta armbandsuret, som såg ut att vara av guld.
Givetvis hade Astrid all rätt i världen att ägna sig åt
välgörenhet, men det kändes som om hon var lite …
felplacerad.

…

Förmiddagen avrundades med nybakta kanelbullar och kaffe
och utan att Ingria visste ordet av, var de klara. Sirpa och
hon stod och diskade koppar medan Ulla hade somnat av
ren utmattning på soffan.

"Så Astrid är nyinflyttad här på ön?"

"Ja! Hon bor i backen ner mot lasarettet. Jag frågade henne
om hennes yrke, men hon var väldigt förtegen. Hon sa dock
att hon var intresserad av konst och antikviteter", sa Sirpa
och tog av sig förklädet.

"Jag tror inte att hon jobbar i kassan på en matbutik!"

"Nej! Knappast", sa Sirpa och ruskade på huvudet. "På
bank kanske?"

"Lova att inte skratta", sa Ingria allvarligt.

"Skratta? Vad menar du?"

Ingria svalde hårt och valde sina ord med stor omsorg. Hon var inte helt bekväm med att lämna ut sig så här, men hon kände ett starkt behov av att få berätta sin hemlighet för Sirpa.

"Jag är synsk..."

"Synsk? Vadå, menar du att du...?"

"Det är något med den här kvinnan. Varje gång jag närmar mig henne, börjar det surra i huvudet", sa Ingria och mötte förläget Sirpas blick.

"Men... hur?"

"Jag vet inte varför och hur, det bara är så. Det har varit så sen jag var liten."

"Men gud vad spännande!" sa Sirpa och såg på henne med förväntansfull blick.

Ingria drog ett djupt andetag. Hon hade varit så nervös. Det var inte alla som hade tagit det på samma sätt.

"Men vad är det som är fel? Vad menar du?" sa Sirpa och kastade ett öga ut på Ulla.

Hur skulle hon förklara detta på bästa sätt? Det enda hon egentligen kunde ge en beskrivning på var det jobbiga ljudet. Det som hon brukade likna vid en elektrisk störning. Det andra var en känsla, vilket var väldigt svårt att sätta ord på.

"Det yttrar sig som ett surrande ljud som varnar eller varslar om fara. Tyvärr är det inte alltid så lätt att tolka tecknen."

”Usch då!” sa Sirpa förskräckt och knep ihop munnen. ”Leder det alltid till något negativt eller kan det vara positivt också?”

Ingria ryckte på axlarna. Vad hon kunde minnas, så hade det nog aldrig lett till något positivt, men å andra sidan, så hade det ju faktiskt gett henne svar på flera frågor.

”Det låter ju inte bra”, sa Sirpa bekymrat och gned handflatan över pannan och reste sig hastigt.

”Ulla, det är dags att åka”, sa hon och ruskade försiktigt Ullas axel samtidigt som hon tog ett steg bakåt. ” Det är bara jag, Sirpa.”

Ulla satte sig yrvaket upp med bister min.

”Det är dags att åka tillbaka”, sa Sirpa lugnt och räckte Ulla hennes jacka, vilken hon valhänt satte på sig.

…

Himlen hade mörknat oroväckande och en isande vind svepte runt dem. Ingria drog kappan tätare runt sig och huttrade till.

”Så mörkt det har blivit!” sa Sirpa och lade en beskyddande arm om Ulla.

”Ja det blir till att skynda sig hem. Det ser ut som om det skall börja snöa men det är ju alldeles för tidigt.”

”Vill du ha skjuts?” Sirpa tittade frågande på Ingria.

”Tack men nej, det ska bli skönt med en promenad.”

Sirpa låste upp bildörren och öppnade den.

Ulla tittade in och backade sedan med skräckslagen blick.

"Oj! Se upp! Du höll på att kliva på Ingria. Vad är det?" sa Sirpa förvånat.

"Det är något farligt i bilen!" sa Ulla förskräckt och riktade en spark mot däcket.

Sirpa böjde sig in i bilen och såg sig omkring.

"Nej Ulla! Det är absolut inget farligt här. Jag lovar!"

"Leif ligger under filten!" sa Ulla och stirrade stint på den rutiga filten i baksätet.

"Jag lovar! Han är inte här."

Ulla satte sig tveksamt i bilen, efter att först ha slagit näven i filten.

"Men vem i hela friden har satt en stor kartong mitt i grindhålet?" utbrast Ingria och försökte dra den åt sidan.

"Javisst ja!" sa Sirpa och gick med bestämda steg fram till grinden och lyfte den med en arm, medan hon med den andra drog fram den stora nyckelknippan. "Jag ska bara ställa in den här, kommer strax."

...

"Vi ses på torsdag!" ropade Sirpa för att överrösta motorljudet innan hon passerade genom grinden.

Ingria kände sig illa till mods. Kunde det vara samma Leif som hon själv varit utsatt för? Eftersom Sirpa hade tystnadsplikt visste Ingria att det inte var någon idé att fråga. Men bara tanken på honom gjorde henne kallsvettig.

5.

Det var fredag eftermiddag och Henrik hade precis gått av sitt pass. Han visslade glatt när han satte sig i bilen. Han tog en snabb titt i kalendern för att se vilken tid han skulle träffa mäklaren vid sommarstugan. Klockan fem, då var det dags att ge sig av nu för det var fyra mil till Fröjel. När mäklaren Ralf Stenström hade gett honom vägbeskrivningen hade allt verkat solklart men när han nu studerade kartan kunde han inte läsa namnen på socknarna. Bokstäverna blev suddiga fastän han hade läsglasögonen på.

"Förbaskade glasögon", muttrade han och slet av sig dem.

Skulle han verkligen bli tvungen att gå till en optiker? Han ville inte åldras och han hade fasat för att fylla fyrtio och nu var han redan fyrtiofem. Det värsta av allt var att det inte gick att hejda. Astrid kände väl till hans nojighet och brukade ta alla tillfällen i akt att påpeka att han började bli tunnhårig eller att extrakilona började synas. Vid något tillfälle hade han tänkt ge tillbaka, men insåg irriterat att det inte fanns något han kunde klaga på, hon var så jävla perfekt!

Henrik körde genom Visby. Han trivdes väldigt bra i denna vackra medeltidsstad med sin mur och vackra rosor. Han såg på trottoarerna som hade börjat att kantas med färggranna löv. Löven gjorde honom dock bara mer påmind om tidens gång och han slog sorgset på radion. Den glada melodin fick honom att tänka på annat. Kanske livet inte var så dumt ändå. Solen gömde sig bakom himlens mörka moln, gatlyktorna hade börjat tändas och gav dess gator ett magiskt ljus.

Snart var han på väg mot Klintehamn och det gick lätt att hitta vägen till Fröjel. Henrik svängde av och hamnade på en smal väg som löpte längs med kusten. Han såg på klockan och vevade ner rutan men motstod lusten att stanna. Doften av sjön gjorde honom lyrisk. Tids nog skulle han få gå ur.

Där var den gula stugan med de vita knutarna. Huset som skulle bli hans. Bara det inte fanns fler envisa köpare, men han tänkte inte ge sig i första taget.

Henrik parkerade framför stugan och steg ur. Han var visst först på plats. Henrik gick runt stugan, perfekt läge! Här skulle han kunna tillbringa många timmar för sig själv och kanske tillsammans ...

"Ursäkta att jag är sen!" Mäklaren dök upp runt knuten och räckte fram handen. "Det är jag som är Ralf".

"Ingen fara. Jag kom precis."

"Det bäddar för en skön kväll, tror jag", sa Ralf leende.

"Ja och det här stället skulle vara perfekt för mig och min fru."

"Vi går väl in och ser?" sa Ralf och vred om nyckeln till stugan.

"Det börjar bli mörkt!" sa Henrik och blev lättad när
mäklaren tryckte på strömbrytaren och ljuset flödade.

"Har de inte flyttat ut ännu?" Henrik såg sig förvånat
omkring.

"Ja just det! De lämnade kvar lite möbler. Bland annat den
här Yngve Ek fåtöljen som de låtit renovera men som de nu
inte hade någon plats för. En riktigt fin fåtölj, skall bara
sättas ihop igen. Om inte den nya ägaren vill ha möblerna, så
tar de naturligtvis bort dem."

"För min del är det perfekt! Då kan man ju flytta in
direkt." Henrik insåg att han lät lite för ivrig.

"Förresten, kommer det fler och tittar?"

"Nej! Du är den enda spekulanten. Den andre drog sig ur."

Henrik andades ut. *Gud så skönt!*

…

Henrik såg mäklarens bil försvinna bakom kurvan och drog
in den friska luften från sjön. Det här hade gått över
förväntan. Bankbesök i nästa vecka tillsammans med
nuvarande ägare och sedan skulle allt vara klart. Han kände
sig enormt nöjd. Men det hade verkligen blivit väldigt mörkt,
fanns det inga gatlyktor här? Nåja, det fick han väl ordna
med själv tids nog.

Elsa plockade in de sista kopparna i skåpet och drog en lättnadens suck. Det hade varit rörigt ikväll, men nu hade lugnet lagt sig över avdelningen. Måtte det inte vara någon influensa på gång. Anna hade sett febervarm ut. Det var nog lika bra att ta tempen. Elsa gick in i sköljrummet och lyfte ner burken med termometrar.

"Är det någon som har blivit sjuk?" undrade Henrik och höll upp dörren för henne.

"Jag är lite osäker på om Anna har feber, hon var röd i ansiktet."

"Då kanske du också har lite feber, sa Henrik med len röst. "Du är också lite vackert röd om kinderna", sa han och strök henne över kinden.

"Så du säger!" svarade hon förläget.

Så förargligt. Att hon alltid skulle göra bort sig. Hon visste mycket väl att hon hade rodnat, men hade han verkligen behövt nämna det?

"Förlåt! Det var inte min mening att göra dig generad", sa han och ställde sig framför henne.

"Det är ingen fara, men jag måste gå till Anna nu."

Elsa tittade upp på honom och kände hur hon darrade till när deras ögon möttes.

"Naturligtvis! Du kanske kan komma in till mig senare, när du har tid?"

Elsa nickade och skyndade in på avdelningen för att inte avslöja sin nervositet i hans närhet. Åh herregud… Det här hade hon drömt om och nu hade hänt. Även om han var tjugo år äldre så var han den snyggaste mannen hon mött. Hon log förälskat och kände lycka över att han valt just henne. Men tänk om hon hade fel? Han kanske inte alls var intresserad av henne?

I december skulle hon äntligen fylla tjugotre. Som hon hade längtat efter den dagen. Då skulle hennes föräldrar äntligen inse att hon var vuxen och kunde stå på egna ben. Många av hennes jämnåriga vänner hade haft många förhållanden. Själv hade hon bara haft ett fåtal kortvariga, sådana som bara hade runnit ut i sanden. "Elsa, hon sparar sig till den rätta" brukade de säga hånfullt. Hon visste inte själv om det egentligen handlade om att spara sig, det berodde nog mer på osäkerhet.

Hon gick in i det dunkelt upplysta rummet och såg bekymrat på den hopkrupna personen i sängen.

"Anna, hur är det?"

"Inte bra…"

"Jag förstod det. Vi får kolla tempen."

Elsa såg bekymrat på Anna. " Trettioåtta grader, Jag hämtar lite kall dryck och en magnecyl till dig." Med snabba steg gick hon genom korridoren.

Hon ville egentligen skynda till Henrik, men blev tvungen att ta hand om Anna först.

Efter att ha suttit vid Anna en halvtimme hade hon äntligen
somnat och Elsa kunde få släcka och stänga. Ett rus for
genom kroppen när hon skyndade mot Henriks kontor. Hon
tvekade någon sekund innan hon lyfte handen till en lätt
knackning. Men dörren förblev stängd. Hade han gått?
Besviket gick hon därifrån.

6.

Henrik låste upp och öppnade dörren på vid gavel. Vilken
underbar känsla att äntligen ha en tillflyktsort. Möblerat och
klart, kunde inte bli bättre. Han såg på gillande på den öppna
spisen. Henrik ställde kassen med de nyinköpta påslakanen
på sängen och såg sig omkring. Det var spartanskt, men vad
gjorde det? Det skulle bara dämpa Astrids lust att vistas här.
Dessutom var det utedass. Han skrattade muntert åt tanken
på åsynen av henne på ett utedass.

 Klockan hade hunnit bli fyra, så han hade ännu en hel
timme för sig själv. Henrik hajade till när han såg tygskynket
som dolde något stort inunder. *Vad har vi för något här då?*
Han drog tveksamt av det. En fåtölj? Henrik andades ut. Ja
just det ja, det var den som skulle skruvas ihop. Men först
skulle han se sig omkring.

Henrik gick ut på gården och tittade ner mot havet. Var kom
de mörka molnen ifrån? Usch! Vad det blev kallt och ruggigt.
Han skyndade sig in igen. Han tittade rastlöst på

armbandsuret, kvart över. Om han skulle ta och sätta ihop
fåtöljen.

Han vände och vred på de lösa armstöden. Vad var det som
var fel? Fanns det någon mer stol? Det här såg ju inte ut att
stämma. Varför var det hål i ena änden? Hur han än försökte
så blev det fel. Det var då självaste fan! Henrik höll
armstödet mot fåtöljen och uppmärksammade samtidigt ett
par billyktor som närmade sig. ”Äsch! Jag slår i en spik”,
muttrade han och drämde till med hammaren. Det första
armstödet satt nu fast men det andra gick inte lika lätt. ”Jäkla
skitstol”, sa han bistert när han såg hur sprickan i armstödet
blev allt längre. Han hörde Astrid ropa därute och kände
paniken växa. Henrik ryckte åt sig en yllefilt och slängde den
över armstödet, för att dölja sitt tilltag.

”Hej älskling! Men hur är det fatt? Du ser ansträngd ut”, sa
Astrid och gav honom en puss på kinden.   ”Titta jag har
köpt ditt favoritvin och lite annat smått och gott.”

”Jag ville bara fixa i ordning lite innan du kom ut”, sa
Henrik och log generat. ”Skall vi titta utomhus först?”

”Det är ju nästan mörkt. Vi får ta det en annan gång. Men
vad har du där? Är det en äkta Yngve Ek?”

”Det vet jag inte…”

Astrid gick fram och lyfte på filten.

”Men herregud! Vad har de gjort!” sa Astrid och kastade
undan filten. ”Har du sett? Vilka galningar! De har förstört
den med spik och handtaget sitter ju bak och fram?”

Henrik ställde sig framför stolen där han hade lagt hammaren.

"Men vad ointelligent! Vi tar med den till stan och lämnar den till någon som kan laga den."

"Är den så värdefull att den är värd att lagas?"

"Självklart. Gud vad jag blir arg på folk som förstör fina möbler. Jag måste ta ett glas vin för att lugna mig."

När Astrid gick ut i köket för att leta efter vinglas såg Henrik sin chans. Han slet åt sig hammaren och skyndade in i sovrummet och kastade in den i en garderob.

"Vad håller du på med, vad var det som lät?" Astrid kom in i sovrummet.

"Öh! Jag hörde inget. Jag tänkte bädda", sa Henrik rodnande och slet upp påslakanen.

"Var är toaletten?"

"Det finns bara ett utedass. Jag kan gå med…"

"Vad säger du! Har du köpt en sommarstuga utan toalett, är du inte riktigt klok?"

"Hm ja…" sa han och vände bort ansiktet för att inte avslöja sitt leende.

"Det måste ordnas snarast, så vill inte jag ha det."

"Men nu finns det bara det. Vill du att jag skall visa dig dit?"

Astrid snörpte på munnen och nickade nådigt.

"Vilken tur att jag tänkte på att ta med en ficklampa", sa Henrik och stålsatte sig för att inte börja skratta när de gick till utedasset.

"Fy vad äckligt! Du får vänta här. Ge mig ficklampan!", sa Astrid och slet lampan ur hans hand.

Henrik hånlog när hon slog igen dassdörren med en smäll. Utedasset skulle hålla henne därifrån och stugan skulle bli hans egna privata. Han var tvungen att hålla sig för skratt när han hörde henne muttra irriterat där inne och hon var om möjligare ännu argare när de kom in i stugan igen.

"Det är då typiskt! Så fort jag låter dig ordna något så blir det galet, att jag aldrig lär mig." Astrid blängde kallt. "Jag har fått huvudvärk så jag åker hem nu. Du får ordna detta med toaletten, är det förstått?"

Henrik nickade, men tänkte att det skulle dröja innan det fanns en toalett där.

"Lägg ut fåtöljen i baksätet."

Henrik tänkte först nonchalera orden men en blick på hennes ilskna ansikte fick honom att ändra sig. Han lyfte upp fåtöljen vilken gav ifrån sig ett gnälligt ljud.

"Försiktigt! Den är ömtålig." Hon skyndade före ut till bilen och öppnade dörren till baksätet.

Han la in den så försiktigt han kunde, men tydligen inte tillräckligt bra, eftersom hon genast var där och rättade till.

"När kommer du hem?" sa hon utan att titta på honom.

”Jag stannar nog en stund till. Kanske till imorgon, jag får se.”

”Jaha då vet jag det. Hej så länge då”, sa hon och satte sig i bilen.

Han vinkade till avsked och tittade efter hennes bakljus när de försvann och kände sig nöjd. Men vad mörkt det var, tänkte han i samma stund lite olustigt. Han kanske skulle åka till jobbet en stund och få undan lite högar?

...

Henrik tvekade ett ögonblick innan han gick in. Verkade det inte lite märkligt att han skulle komma så här apropå, när han egentligen var ledig? Äsch! Vem hade egentligen rätt att ifrågasätta honom?

Sirpa tittade förvånat upp. ”Kommer du?” Henrik nickade kort. ”Jag tänkte att jag kunde arbeta igenom lite papper.

Han gick in på kontoret och plockade fram några journaler och lade dem på sitt skrivbord. *Vem har vi här? Låt se. Ulla, ja det blir bra, jag börjar med henne.* I samma stund skymtade han i ögonvrån hur Elsa gick förbi. *Vilken läckerbit hon är*, tänkte Henrik och viftade bort sitt löfte om att sköta sitt äktenskap bättre. Efter Astrids beteende behövde han en skön famn, få känna lite värme. *Jag tänker inte ha dåligt samvete*, tänkte han, när begäret steg inom honom.

Henrik reste sig och ställde sig i dörröppningen till sitt kontor och kikade in på avdelningen. Där var hon, i den sexiga sköterskeuniformen. Han kände en förväntansfull ilning fara genom kroppen när han såg hennes höfter svänga rytmiskt till musiken från radion, medan hon plockade undan efter middagen. Henrik försökte frammana Astrid skepnad, men misslyckades.

Utan att han hade märkt det hade Elsa vänt sig om och mötte undrande hans blick.

Helsike, det hade inte varit hans mening att bli avslöjad. Han ville definitivt inte verka desperat.

Henrik gick sakta fram till henne utan att för en sekund släppa henne med blicken.

"Ville du något?" sa Elsa och såg på honom med förväntansfull blick.

"Var är Sirpa?"

"Hon skulle gå hem när hon hjälpt Anna till sängs…"

Henrik öppnade dörren in till förrådet och knuffade henne framför sig.

"Vad gör…? Jag måste ge Leif hans medicin." Elsa såg förvånat på honom.

Henrik visste inte var han fick sin beslutsamhet ifrån, men han var tvungen. Han ville ha henne här och nu. Henrik kvävde hennes fråga med sin mun medan hans händer girigt smekte hennes kropp.

Hon viskade hans namn och gav sig hän, det fanns ingen återvändo.

Leif lättade örat från dörren. *Äntligen gick hon hem, kärringen.* Varför skulle hon bestämma när de skulle gå till sängs? Han tryckte ner lillfingret bakom golvlisten och lirkade upp sin skatt. *Märkligt att de inte har bytt ut låsen? Det var ju ett jäkla rabalder när de sökte genom hela området.* Han kunde inte låta bli att dra på mun, när han tänkte på Uffens förvånade min, när han upptäckte att den var borta. Nyckeln gled runt i låset och han gläntade försiktigt på dörren. Tomt, men det visste han att det skulle vara.

Han hade kartlagt alla tider och platser mycket väl. Vad skulle han hitta på ikväll? Det enda stället han inte kunde besöka var sköljen, för han visste att jäntungen var där. Det var väldigt tyst, borde det inte höras skrammel därifrån? Han öppnade skafferiet. *Usch! Bara torra kex.* Han kände ett sug, ville ha något sött. *Psykdoktorn har säkert något gott på sitt kontor,* tänkte han och styrde stegen ditåt.

Leif rynkade på näsan då han kände lukten av herrcologne. Han slet upp skrivbordslådorna en efter en och i den nedersta hittade han något av värde. "Vad har vi här då?" mumlade han och bet i en chokladbit. *Fy! Körsbärslikör.* Han fick tag i papperskorgen och spottade ut den. *Så psykdoktorn har köpt nya äckliga praliner.* Han tittade ogillande på asken och slängde ner den i lådan igen.

Finns det inget annat? Kinapuffar! Han öppnade påsen och svalde några nävar på stående fot. *Det var bättre det,* tänkte han och slog sig ned i Henriks skinnfåtölj. Han snurrade ett varv och stannade framför högen av journaler. Leif tog upp den översta och såg att det var Ullas. Han slog upp den och läste intresserat. Den här kunde han ha roligt med. *Lobotomi bör övervägas*, skrev han till i marginalen och flinade elakt.

Plötsligt hörde han dunsar och stön. *Vad var det?* Leif reste sig hastigt från snurrfåtöljen och såg sig förvånat omkring. Han hörde ett svagt mummel och insåg att han hade gjort en miss i sin planering. Leif tittade på klockan, det kunde inte vara nattpersonalen. Men var kom ljudet ifrån? Skulle han stanna kvar eller gå? Han tittade försiktigt ut i korridoren och ilade sedan ljudlöst tillbaka till sitt rum.

I den smala dörrspringan kunde han se hur Elsa tätt följd av psykdoktorn kom ut ur förrådet. *Vad i helsike har de gjort där inne?* I samma stund hörde han hur ytterdörren slog igen och insåg att det var dags för "vaktbyte", nattpersonalen var här. Varför hade han inte tagit med sig påsen med Kinapuffar?

Du ska borsta dina tänder och gå till sängs", sa hans mor strängt. *Dessutom ska man inte stjäla.*

"Jag är gammal nog att bestämma själv!" De var ju döda, varför kunde de inte lämna honom ifred?

Äsch! Att sno lite godis från de rika är väl inte så farligt, fortsatte has far uppmuntrande.

"Jag orkar inte lyssna på er!" Nu fick det vara nog, de skulle göra honom galen. Han kröp ner under täcket och stoppade fingrarna i öronen.

Du glömde att borsta tänderna.

"Tyst! Jag försöker sova."

Han hörde en lätt knackning på dörren, vilken nästan var välkommen i denna stund.

"Är allt bra här?"

Han såg på Linnéas runda ansikte med kisande ögon och gjorde en antydan till en snarkning. Hon backade försiktigt några steg och stängde sedan dörren ljudlöst.

*

Henrik vaknade av att det knackade på dörren och tittade yrvaket upp när Sirpa tittade in med en förvånad min.

"Har du jobbat i natt?"

Han visste inte vad han skulle svara, men åsynen av högen med journaler i en salig röra på bordet fick tydligen henne att tystna. Han nickade kort.

"Du bör nog se om ditt yttre en aning. Det kommer besök och de vill väldigt gärna träffa dig."

"Självklart! Jag borde inte ha stannat kvar, men det var mycket intressant läsning…"

Henrik tittade upp med oskyldig blick, men då var hon redan borta. Han tänkte på kvällen innan och kände en njutning av välbehag skjuta genom kroppen. Det hade verkligen tagit musten ur honom. Han hade tänkt att känslosvallet skulle få lägga sig, för att sedan bege sig hem, men hade slocknat på soffan och sovit så gott.

”Du ser ut att behöva lite kaffe och smörgås?”

Henrik nickade och tog tacksamt emot koppen Sirpa räckte honom.

”Besökarna kommer om en kvart.”

”Vad är det för några som kommer?”

”Annas dotter och barnbarn. Det är Anna som vill att du ska vara med.”

”Något speciellt?”

”Nej, inte vad jag vet.! Men om det är något lär du väl få reda på det då”, sa Sirpa och log. *Hon är ju riktigt söt när hon ler*, tänkte Henrik. *Hon är ju inte så där riktigt trådsmal och smärt som Elsa, nej snarare tvärtom, men det kan ju vara vackert det med.*

Han hade precis svalt ner den sista klunken kaffe, när en brunhårig rundnätt kvinna med två barn kom gående emot honom.

”Hej! Berit, Annas dotter och det här är min son Håkan.

”Hej! Henrik Ståhl”, sa han och räckte fram handen. ”Så trevligt att träffas. Hejsan Håkan!” Var det verkligen Annas barnbarn? Han kunde inte direkt påstå att de var lika, men så kunde det ju faktiskt också bli. ”Och vem har vi här då?” sa han och räckte fram handen till den andra pojken.

”Det är Thomas. Han pratar inte så mycket. Vi brukar kalla honom för ”Too much”, sa Håkan retsamt.

”Too much? Det var ett konstigt smeknamn”.

”Så du pratar Håkan”, inflikade Berit generat.

De gjorde sällskap bort till Annas rum.

Henrik såg uppskattande på Anna där hon satt i sin guldfärgade fåtölj, likt en drottning på sin tron. Märkligt nog hade han hela tiden sett henne *like a queen*, väldigt elegant.

”Så fin du har gjort dig idag!” sa Berit och gav sin mor en hastig kram.

”Ja det är inte så ofta jag får använda mina smycken. Du tar ju aldrig med mig någonstans!” sa Anna och såg bittert på Berit. ”Varför är inte Ursula med idag?”

”Hon blev ju portad. Kommer du inte ihåg att hon skrämde upp de andra patienterna?

Anna tittade förvånat på Berit.

”Hon hittade på en historia om sköterskan som blev mördad här på sjukhuset.”

”Äsch! Trams. Gick de verkligen på det då?”

”Hon kan vara väldigt trovärdig, som du vet. Så när hon berättade om spökerierna på toaletten vid ingången, då hade patienterna och en del av personalen vägrat att gå dit enligt Sirpa. Det blev kaos, när alla ville gå på den spökfria.”

”Det har inte jag hört något om. Den har ju jag använt!”, sa Anna och såg rädd ut.

”Det var ju bara ett påhitt”, sa Berit och la armen om sin mor.

"Jaja…"

Det här var ingen bra början, tänkte Henrik och letade efter något att säga. "Du är jättevacker idag Anna." Han ångrade sig i samma sekund han sade orden, när han såg hur hennes ögon glänste till.

"Tack så mycket doktorn! Du har räddat min dag", sa Anna och såg på honom med en blick som sakta men säkert förvandlades till något mörkt och ondskefullt. "Som du ser finns det inte en endaste likhet mellan mig och min dotter. Hon ser ju betydligt äldre ut än mig, så beige, trist och ful och för att inte tala om Håkan, han ser ju ut som en julgris!"

Henrik hörde hur Berit flämtade till.

"Jag var bara sexton år när jag och hennes stilige far blev föräldrar och det är ett mysterium hur de kan se ut som de gör", sa Anna och tittade med avsmak på Berits bruna kofta.

Berit blev röd i ansiktet och tittade ner i golvet. Tystnaden bredde ut sig i rummet.

Henrik letade efter en ursäkt att få gå därifrån. "Vill ni inte ha lite saft och kakor?" sa han uppmuntrande och tittade på Håkans nollställda ansikte. Han nickade svagt till svar medan Thomas log blygt. "Då får ni följa med mig och naturligtvis finns det kaffe till er om ni vill ha."

Han kände tydligt hur Annas blick brände i ryggen, när han räckte Thomas handen för att visa vägen. Vad hade hänt? Känslan av att ha väckt en demon till liv var stark och det bådade inte gott. Rädslan steg inom honom.

7

Astrid såg nöjt på de sorterade klädhögarna. Hon trivdes här på Röda korset bland alla trevliga människor och idag var det fler än vanligt. Hon rörde med skeden i sin kopp medan hon såg sig om efter en sittplats.

"Hej! Kan jag slå mig ner här hos er?"

"Självklart! Det finns en plats där, bredvid Knut", svarade en kraftig kvinna med finlandssvensk brytning.

Hon satte sig tveksamt intill den magre mannen med fjunigt hår. Han tittade på henne och pekade på en radio. "Den här ska jag laga idag!"

Astrid nickade stelt, flyttade försynt sin stol en aning ifrån honom och hoppades att ingen skulle uppmärksamma det. Hon vände sig om och räckte ut handen till kvinnan bredvid. "Astrid Ståhl!"

"Ingria Koponen!"

Hon kände hur Ingria ryckte till när de tog i hand och log tveksamt, därefter vände Astrid sig mot den andra kvinnan.

"Sirpa Kauppi!"

"Vi har nog hälsat förut, men jag är så dålig på att komma ihåg namn", sa Astrid och kände värmen av hennes rejäla handslag.

"Jag jobbar i vanliga fall på S:t Olofs sjukhus och det här är Knut, han gillar att hålla på med tekniska saker. Hur går det förresten med radion?" sa Sirpa och ställde en mugg choklad intill honom.

"Som du kanske ser, så är jag strängt upptagen. Jag har inte tid att ta kaffepaus som ni andra."

Sirpa sträckte sig fram för att ta bort muggen, när Knut helt plötsligt lade handen framför den med en duns. "Ville du ha choklad?" sa hon med låtsad förvåning.

"Jag dricker den när jag är färdig", muttrade Knut medan han tvinnade ihop två koppartrådar till en.

Astrid såg med en viss förskräckelse på Knuts utbrott och makade sig lite mer åt sidan. Hon ville verkligen inte få en kopp rykande choklad över sig.

"Min man har precis börjat arbeta på S:t Olof, Henrik Ståhl. Känner du till honom?"

Sirpa såg förvånat på Astrid och drog på munnen. "Han är min chef. Så trevligt. Jag visste inte att han var gift."

Astrid kände ett igenkännande hugg i hjärttrakten. Varför hade han inte berättat om henne? Hade han som förra gången valt att dölja hennes porträtt? Hon ville inte tänka tanken hela vägen ut, men kunde inte låta bli. "Hur går det för honom?"

"Det verkar fungera bra, tycker jag", sa Sirpa och tog en bulle från fatet. "Vad jobbar du med?"

"Jag och min far handlar med konst och antikviteter på beställning. För tillfället söker jag faktiskt efter finskt glas, Oiva Toikka. Känner du till konstnären?"

”Ja faktiskt! Men jag kan ju inte direkt påstå att det tillhör mina stora intressen”, sa Sirpa och samlade ihop bullsmulorna till en liten prydlig hög på bordet.

”Jag letar för tillfället efter en underbar uggla.”

”Åh”, utropade Ingria hänfört. ”Jag har en fågel som han har designat, Rubinfågeln. Jag fick den när jag fyllde femtio.”

Knut reste sig med ett hastigt ryck så hans choklad skvätte ut över bordet. ”Nu är den klar!” Han skyndade bort till eluttaget och satte i kontakten.

Utan förvarning hördes en smäll och en frätande bränd lukt spred sig sakta över lokalen. Lamporna slocknade och allt blev svart. Det blev knäpptyst.

”Jävla skitradio!” hördes Knut utbrista och sekunden efter hördes ett brak.

Sirpa reste sig från bordet och gick trevande mot köket. ”De måste ha gått en propp”.

Astrid hörde hur hon öppnade ett skåp och strax därpå slogs strömmen på igen.

”Men snälla nån”, suckade Sirpa när hon fick syn på Knut där han bedrövad stod böjd över den trasiga radion. ”Jag tro det är dags att åka hem”, sa hon bestämt och knäppte fast hans ena hängsle som hade lossnat.

”Då vill jag köra! Du kör ju som en kärring!”

"Kommer inte på fråga. Bråkar du, får du sitta i baksätet." Knut vek undan blicken och satte lydigt på sig jackan. "Så! Nu är vi färdiga för idag. Hej då!"

Astrid kunde inte låta bli att känna en viss beundran när hon såg det omaka paret försvinna ut genom dörren. Hon stor och stark med en bestämd hand om hans smala seniga arm.

"Hon har verkligen bra hand med dem", sa Ingria nickande.

Astrid slappnade av och såg nyfiket på Ingria. Vilken färggrann kvinna och det var inte bara hennes röda schal och stora örhängen hon tänkte på. Nej, det var något speciellt med henne, men hon kunde inte riktigt sätta fingret på vad. "Vilket vackert smycke du har."

"Åh! Du menar detta?" sa Ingria och lyfte fram stenen. "Det är bergkristall som sägs vara bra mot stress."

"Den skulle jag behöva. Vad arbetar du med?"

"Det kan tyckas lite märkligt, men jag hjälper människor att hitta svar."

Astrid var lite osäker på hur hon skulle tolka hennes svar. Hon såg hur Ingria tog ett djupt andetag.

"Jag läser i kort…"

"Men gud vad spännande!" Ärligt talat så hade hon aldrig trott på sådant men nu kände Astrid en längtan efter att få prova på. Det kanske bara var båg, men å andra sidan, verkade Ingria väldigt trovärdig och vad skulle hon vinna på att lura henne? "Har du gjort det länge?"

Ingria nickade och mötte hennes blick med ett lugn, som fick alla hennes tvivel att sopas bort. "Skulle du kunna tänka dig att spå mig?"

"Det gör jag gärna."

Hon tog emot lappen med Ingrias telefonnummer och log förväntansfullt. "Tack! Då hör jag av mig. Passar det nästa vecka?"

"Det blir bra. Oj då! Sirpa har glömt sin scarf! Jag får gå och lämna den till henne."

"Vill du ha skjuts till S:t Olof? Jag ska ändå den vägen."

"Tack! Det skulle vara snällt."

…

Det obehagliga surret i huvudet avtog när Astrids BMW försvann runt hörnet. Det var nödvändigt med ett möte, för något var i görningen, något som berörde dem båda. Men det fick hon fundera på sen. Nu skulle hon besöka Sirpa, på hennes jobb.

Tveksamt gick hon mot ingången. Ingrias blick fastnade på en lustig bil… eller var det en moped? I vilket fall som helst stod den tokigt parkerad mitt i infarten till kliniken.

"Ursäkta!" sa Ingria. Den gulblommiga gardinen i fordonets fönster drogs isär och ett runt ansikte kikade misstänksamt på henne. "Skulle du kunna vara så vänlig och flytta på din… bil?"

”Bil… kallar du det här bil?” sa mannen och höjde på ögonbrynen.

”Ja… eller moped?

”Fel igen.” svarade mannen och blottade en tandrad full av lagningar.

”Det får vara vad det vill, men jag behöver komma förbi.”

”Men du måste hålla med om att den är fin.”

Ingria brydde sig inte om att svara. Ville han inte flytta på sig, fick hon väl ta sig igenom häcken.

”Det är en mopedbil, eller kanske en mobil förstår du? Jag har själv byggt om den. Man kan till och med ligga och sova i den… och det var det jag gjorde nu. Tyvärr visade det sig att handbromsen inte fungerade som den skulle, så den rullade iväg och hamnade här.”

Mannen började med stor möda att ta sig ur mobilen och Ingria såg förvånat på den storväxte mannen som nu stod intill henne i ett par för korta hängselbyxor. Hur i hela friden hade han fått plats i denna? Hon tittade på hans namnskylt, där det stod *Vaktmästare Ronsten* på.

”Kan du hjälpa mig att knuffa den åt sidan? Jag tror bestämt att bensinen är slut.”

”Ska jag knuffa?”

”Skojar!” Mannen bröt ut i ett gapskratt så att hela magen guppade. ”Ska du verkligen in här?”

Ingria såg sig osäkert omkring. " Jag ska besöka min väninna Sirpa."

"Ljuva Sirpa? Ja hon jobbar i det där huset."

Ingria dolde ett leende. Ljuv var inte något hon förknippade med den bestämda men godhjärtade Sirpa.

Lättad över att äntligen ha kommit ifrån den pratglade mannen, styrde hon stegen mot den gråa cementlängan. Varför hade hon erbjudit sig att åka hit? Det här stället gav inga goda vibbar.

Tryck och invänta svar, stod det på en liten handskriven lapp. Det skramlade till i fönstret ovanför dörren och en ung kvinna tittade ner.

"Ja?"

"Hej! Jag söker Sirpa."

"Hon är upptagen just nu. Men jag öppnar, du kan gå in och vänta så länge."

"Tack!" Hon hörde ett klick från låset och tog tveksamt tag i handtaget. En rysning for genom kroppen och hon blev torr i munnen.

Var inte så fördomsfull. De är bara sköra människor, försökte hon intala sig. Ingria såg sig omkring. Allt verkade lugnt, så varför oroa sig? Blicken fastnade på en sliten fåtölj. Hade någon roat sig med att dra ut trådar ur tyget? Det såg faktiskt ut som om den var långhårig på ena armstödet. Det här var förmodligen ett dagrum kombinerat med kök. *Måtte jag aldrig bli så tokig att jag skulle hamna här.* Hon satte sig längst fram på kanten på en köksstol för att hastigt resa sig igen. *Undrar om Leif bor här?* Hon blev kallsvettig av bara tanken på honom. De fick för guds skull aldrig släppa ut honom igen. Tänk om han skulle komma tillbaka som hennes hyresvärd? Aldrig i livet att hon skulle vilja bo kvar då.

Någon skramlade med en nyckelknippa. Ingria tittade efter var ljudet kom ifrån och stelnade till. Hon blev oförmögen att bryta blicken som obarmhärtigt banade väg genom dörrens glasruta in mot avdelningen. Trots att mannen stod med ryggen åt, gav han henne kalla kårar.

Sakta vände han sig om. *Nej! jag vill inte se.* Hjärtat bultade så hårt att det gjorde ont. Leif?! Han rörde sig snabbt mot dörren, med blicken fäst på henne. Det rasslade till i låset. Panikens puls forsade genom ådrorna. Handtaget trycktes bestämt ner och dörren for upp. Ingria famlade bakåt och förlorade balansen och satte sig på golvet.

"Ingria? Hur är det fatt? Du är ju alldeles likblek."

"Sirpa?" utbrast Ingria med darr på rösten. Lättad tog hon emot hennes utsträckta hand.

"Sätt dig här. Vill du ha något att dricka eller behöver du lägga dig ner?"

Hon undvek Sirpas oroliga blick och ruskade på huvudet. "Bor det någon Leif Jacobsson här?"

Sirpa log vänlig mot henne. "Jag får tyvärr inte lämna ut någon information, jag är bunden av tystnadsplikten. Men det finns inget att oroa sig över. Vi är ensamma här."

Ingria tog ett djupt andetag och andades lugnad ut. Leif kunde inte komma åt henne här.

Hon lade handen över bröstet. Hjärtat slog redan lugnare. ”Jag förstår. Du får ursäkta mig.”

”Ingen fara, men vad var det som skrämde dig?”

”Jag såg fel helt enkelt. Det känns bättre nu.”

”Ville du mig något speciellt?”

Ingria såg förvånat på Sirpa, fortfarande smått skärrad.

”Ja, du ville väl något?”

Gud vad hon var vimsig. Scarfen! Hon rotade i handväskan och hittade den till slut. ”Du glömde den på Röda Korset.”

”Tack snälla du! Inte behövde du ha gjort så mycket besvär för den.”

8.

Det hörde inte till vanligheten att Elsa bakade, men hon ville verkligen imponera på Henrik. Hon plockade försiktigt ner muffinsen i påsar och knöt till. Nu blev det till att skynda sig.

Elsa sprang den sista biten över gården, viss om att hon skulle komma försent. Men hon skulle nog bli förlåten, när de fick se vad hon hade att bjuda på.

Elsa möttes av ryggtavlan på Sirpa vid diskbaljan och
förberedde sitt försvarstal.

"Du är sen!"

"Jag ber så hemskt mycket om ursäkt…"

"Jaja! Skynda dig att hämta tvätten. Den står i entrén. Jag
har inte hunnit bära in den som du kanske förstår", sa Sirpa
utan att vända sig om.

Den glada känslan var som bortblåst. Hur kunde hon
glömma att de hade leverans från tvätteriet idag?

"Naturligtvis! Jag ilar direkt."

Elsa försökte ruska av sig obehaget över att ha förargat
Sirpa, hon som nästan aldrig blev irriterad. Men det var tur
att det var Sirpa och inte Britta för då hade det inte blivit
nådigt. Men visst hade hon gjort fel som kommit försent.
Hon hade inte räknat med att baket skulle ta sådan lång tid.
Elsa skyndade sig tillbaka med tvätten.

"Elsa! Kan du ta med ett anteckningsblock till mig?"

Hon hörde på Sirpas tonfall att irritationen redan hade lagt
sig och allt kände genast bättre.

"Javisst!"

…

Elsa plockade fram kaffekopparna och började duka. Snart
var det dags. Hon skulle få bjuda på sina muffins. Nu var det
bara till att hoppas på att Henrik skulle komma snart. Den

ena efter den andre kom släntrande ut från sina rum och såg gillande på henne.

"Så mörkt det är. Jag tycker vi ska tända lite ljus." Elsa förde tändstickslågan till ljusen och strax därefter spred sig ett varmt sken över rummet.

"Varsågod! Sätt er. Jag lovar att allt är som vanligt, tyckte bara att det kunde vara trevligt med lite levande ljus."

Ulla såg tveksamt på henne, men satte sig sedan lydigt.

"God eftermiddag!" hälsade Henrik hurtigt och såg sig omkring. "Så trevligt ni har det. Finns det plats för mig också?"

Åh! Herregud så pinsamt. Elsa kände hur det hettade till i kinderna. Hon mötte hans blick och kunde inte motstå lusten att le mot honom.

"Hallå! Kan någon hjälpa mig till bordet?" hördes Annas gälla röst bakom dem. Elsa vände sig om och gav henne en frånvarande blick.

"Alldeles strax."

Anna blängde på henne med en kall blick och räckte ut sin hand mot Henrik.

"Henrik, du kan väl hjälpa mig?"

"Javisst min sköna!" svarade han och körde fram stolen till bordet.

Anna lade sin hand över hans och såg ömt på honom. "Tack snälla du!"

Elsa såg hur Henrik försiktigt drog handen från bordet och ställde sig bakom henne.

Hans hand på hennes rygg fick henne att flämta till av välbehag.

"Är stolen ledig här bredvid dig?" Elsa vände sig halvt mot honom. Hans hand gled försiktigt ned mot hennes höft. Hon nickade och satte sig ner på darriga ben.

"Och vad får vi till kaffet idag då? En tråkig skorpa som vanligt?" muttrade Leif missnöjt.

Muffinsen? Herregud var hade hon lagt dem? Elsa såg sig villrådigt omkring medan hjärnan arbetade febrilt. Förrådet! Hon reste sig från stolen och skyndade iväg. Mycket riktigt, där låg påsarna i en prydlig hög. Hon plockade snabbt fram ett fat som hon prydligt la bakverken på. Stolt ställde hon fatet på bordet.

"Aha!" sa Leif och såg med kisande ögon mot förrådet.

Elsa räckte fatet mot honom och nickade. "Varsågod!" Han granskade dem noga, för att sedan ta en mitt i. "Nu får du skicka fatet vidare." Leif muttrade något ohörbart och gav sedan motvilligt fatet till Ulla.

Elsa kände Henriks varma blick och log generat. "Så snällt av dig att baka så gott till oss. Eller hur?" sa han och räckte Anna fatet.

"Jag är faktiskt omtalad för mina goda bakverk", svarade Anna kort.

Vad var det nu med henne då? Elsa såg på Anna. Hon brukade väl aldrig bete sig så där. Var hon avundsjuk? Hon kanske skulle vilja baka någon dag? Det kunde faktiskt vara en riktigt bra idé.

Elsa blev avbruten i sina funderingar av Ullas upprörda protest. ”Leif tog min kaka. Jag vill inte vara här, får jag gå in till mig?”

”Men Leif…”

Leif blängde på Elsa med trotsig blick. ”Hon är så himla sölig. Jag trodde hon hade lämnat den. Vilket tjafs!” Han sträckte ut handen för att ta den sista, men Elsa räckte raskt över fatet mot Ulla.

”Varsågod! Du får ta den sista.” Ulla såg tveksamt på kakan. ”Ta den du!”

…

Elsa tappade upp vatten i diskhon och lade försiktigt ner de smutsiga kopparna. Det hade blivit som hon önskade. Hon kände sig varm vid tanken på hans hand mot hennes rygg och höft.

”Jag tycker att du ska lämna Henrik ifred. Han är min!” Hon kände en hård puff mot knävecken och vände sig förvånat om. Anna blängde argt på henne.

”Oj! Kära nån, det var nära. Jag höll nästan på att snubbla över dig och din rullstol. Lämna Henrik ifred? Vad menar du?” Elsa backade några steg tills diskbänkens kant tog emot.

”Han är intresserad av mig, har du inte förstått det?” sa Anna med svart blick och rullade hotfullt fram mot henne. Elsa visste inte vad hon skulle svara utan nickade bara kort. ”Då är vi överens? Du har väl sett vilka blickar han ger mig och han har flera gånger sagt att jag är vacker.”

Det kunde inte Elsa förneka. Hon hade faktiskt hört det några gånger.

”Jaha? Vad är det som händer här då?” sa Sirpa förvånat och drog bort Annas rullstol från Elsas fot.

”Ingen fara! Hon råkade bara komma lite för nära.”

Anna släppte inte henne med blicken, men valde att hålla tyst.

”Det är dags för omläggning av ditt bensår, så jag föreslår att vi går in till dig.”

Protesten från Anna uteblev och de försvann från köket.

Ett obehag for genom Elsa. Varför hade Anna reagerat med sådant hat? Vad hade hon gjort som fått Anna att tro att hon sprang efter Henrik? Hade hon varit oförsiktig?

*

Leif öppnade dörren på glänt och lyssnade spänt. Allt var tyst och mörkt. Han kisade mot klockan. Halv elva. Perfekt. Idag hade han minsann lagt märke till vad Elsa hade hämtat i förrådet. Muffins och inte vilka som helst utan med choklad.

Suget efter dessa älskade bakverk hade gjort honom
sömnlös. Det var så orättvist! Här skulle han hålla till godo
med torra tråkiga skorpor, medan de själva åt
chokladindränkta muffins.

Leif hörde någon snarka och drog på munnen. Det var
lyhört. Han tryckte örat mot Ullas dörr och lyssnade. Nej,
där var det tyst som i graven.

Skulle huvudnyckeln passa? Klick! Ser man på, det gjorde
den visst. Leif väntade ett par sekunder, öppnade sedan
dörren så pass att han kunde kika in. Där låg hon, ynkliga
lilla människan i en hög på sin säng. Det ilade till av illvilja
när han kom på tanken att skrämma henne.

Han smög in och ställde sig en bit från sängen. ”Det är
väldigt mörkt i graven”, viskade han med hes röst. Leif såg
hur byltet rörde på sig i dunklet. ”Det är verkligen väldigt
mörkt och kallt i denna djupa grav.”

”Vem är det? Är det någon där?” Han hörde hur hon
darrade på rösten.

”Det är döden…”

”Hjälp! Mamma!” illtjöt hon. Leif tog det säkra före det
osäkra och smet ut från rummet. Det var i sista sekunden
han hann låsa innan ljudet av sköterskans snabba steg
hördes. Han smet in bakom en gardin i dagrummet.

”Hur är det fatt? Har du drömt mardrömmar nu igen?” sa
Lina tröstande.

”Nej! Jag lovar. Döden var här på besök. Jag vågar inte
sova.”

"Du måste ha drömt. Ingen kan komma in hit. Om jag låter lampan vara tänd, kan du sova då tror du? Eller vill du ha en sömntablett?" Ulla snörvlade fram ett ja och fortsatte att snyfta högt. Leif kände sig irriterad. Vilken lipsill.

Sköterskan försvann men var straxt tillbaka med medicinen.

"Se så, nu får du lugna ner dig. Ta den här, så somnar du snart."

Till slut tystnade Ulla och nattsköterskan försvann iväg med raska steg.

Leif hastade vidare mot förrådet. Förbaskat! Huvudnyckeln passade inte. *Jaha, vad gör jag nu?* Vågade han stanna kvar och leta? Nej, det var nog bäst att ila tillbaka.

Men vänta nu, vad är det där? Leif stirrade paralyserat på nyckelknippan som hängde på en krok intill handdukshängaren. I samma stund hörde han Linas steg som kom allt närmre. *Äsch! Det får bli nästa gång.*

9.

Ingria såg i spegeln och suckade. Det kändes alltid märkligt att mötas av bilden på en betydligt äldre kvinna än den hon egentligen tyckte sig vara. Nåja! Vad hon hade fått till sig, så var insidan minst lika viktig som utsidan. Så hon fick tro på det. *Spegeln, hur kunde jag glömma att putsa den?* Hon gned lite försiktigt med schalen hon hade runt halsen.

I samma stund ljöd en gäll signal från dörrklockan. Ingria öppnade och möttes av Astrid i röd elegant kappa. En behaglig doft av blommig parfym stod runt henne och Ingria kunde inte motstå lusten att dra in ett extra andetag.

”Välkommen!

Astrid lossade den elegant knutna scarfen från halsen och log osäkert. ”Tack! Gud så nervös jag är.”

Kappans tyg frasade när hon hängde upp den prydligt på hängaren.

Ingria lade lugnande handen på Astrids arm. ”Det ska du inte vara. Det är absolut inget farligt. Varsågod och stig på.”

Ingria såg Astrids tveksamma steg. ”Jag lovar att inte berätta något negativt. Se det istället som något spännande och roligt.”

”Hur går det till?”

”Jag tittar i kristallkulan och kommer förmodligen inte vara så talbar, eftersom jag måste koncentrera mig till det yttersta. Men när allt är klart, återvänder jag och svarar på dina frågor.

Har du ändrat dig?” Astrid skakade på huvudet och såg bestämt på Ingria. ”Jag vill verkligen få veta vad som finns i kulan. Jag är lite orolig för svaret bara.”

”Ska vi sätta igång?” En kort nickning från Astrid och hon slöt sina ögon. *Varför har det surrande ljudet avtagit? Nu lät det mer svagt och monotont.* Ingria andades med djupa långa andetag. Den lilla hullingförsedda bollen greppade henne och virvlade allt fortare tills allt runt om blev till ett. Hennes andetag blev korta och ytliga. Försiktigt öppnade hon ögonen. *Svart!?* Ingria blinkade några gånger och lyssnade spänt. Hon hörde ett vinande ljud, men förstod inte vad det var. *Hallå! Var är jag?* Ett svagt mummel nådde hennes öron. Helt plötsligt hördes ett hysteriskt skrik. Ett ljud som skar genom märg och ben.

En våg av illamående gjorde henne rädd. Något var fel. Hon vågade inte stanna. Det var bäst att återvända. Ingria blundade hårt och höll andan. Den hullingförsedda bollen grep tag och slungade henne genom svarta sjok av mörka moln, tillbaka till verkligheten.

"Hur är det fatt?" hördes Astrids oroliga röst.

Ingria blinkade några gånger och försökte samla sig. "Varför säger du så?" Hon mötte Astrids bekymrade blick och insåg att hon lät betydligt lugnare än hon vad hon var. Ingria masserade sina händer. De var iskalla och hade förlorat sin känsel.

"Jag visste inte vad jag skulle göra! Du var borta så länge och såg ut att må dåligt."

Ingria såg tvivlande på Astrid. "Har jag varit borta länge?"

Astrid nickade och skruvade på sig. "Fick du reda på något?" Ingria rynkade pannan och ruskade på huvudet.

"Det var så märkligt, jag fick verkligen ingen kontakt. Eller ja… det blev inte vad jag hade räknat med.

"Inte? Vi kanske kan försöka en gång till, men inte idag förstås", sa Astrid vänligt.

"Absolut! Jag ber så mycket om ursäkt. Det kanske var fel dag helt enkelt."

…

Dörren slog igen efter Astrid. Ingria satte sig tungt på en stol i köket. Vad hade hänt? En otäck känsla hade nästlats sig in i hjärtat och verkade inte vilja ge sig av. Var Astrid illa ute?

Ingria tittade på köksklockan och insåg att sittningen hade tagit betydligt längre tid än vad hon hade räknat med. Vad hade tiden tagit vägen och vad hade hänt? För hennes del hade det känts som om hon hade varit iväg i fem minuter, max tio.

Ingria kände sig lite sorgsen. Allt som oftast brukade besökarna gå härifrån med goda nyheter eller åtminstone med mera klarhet. Nu hade hon bara skapat förvirring. Stackars Astrid, men hon kunde inte rå för det.

Ingria visste att de måste göra om det här för att finna svaret på det svarta i kulan, men det bådade inte gott.

10.

Leif sneglade på nyckelknippan. Så nära och ändå så långt borta. Åh vad han längtade efter att få smyga in i förrådet. Det fanns visserligen en risk att det var fel nyckel, men nej, det måste vara den.

”Hur är det Leif, tycker du inte om maten?” Elsa stod helt plötsligt där från ingenstans.

Han tittade upp och möttes av de andras undrande blickar.

”Hur så? Jag äter väl i den takt jag vill? Eller ska vi med tåget?”

Elsa ryckte på axlarna och lät honom vara.

”Usch vad det regnar”, sa Sirpa och grimaserade.

”Ajdå! Jag som har lågskor. Det blir nog till att ringa efter pappa.”

Jaha! Ska lilla pappsen hämta jäntungen? Somliga bli aldrig vuxna. Leif visste inte varför han kände sig så frustrerad, men anade att det berodde på otålighet. Han ville hämta nyckeln nu, men risken var för stor. Han var tvungen att vänta. Leif stoppade in den sista korvbiten i munnen och skvätte medvetet senap på Ullas tröja. Tråkigt nog märkte hon inte det, så han reste sig och gick in till sitt.

…

”Klockan är nio. Jag går nu!” ropade Elsa.

”Det regnar än, vill du ha lift?”

”Tack Sirpa, men pappa kommer snart.”

Ett starkt ljus utifrån lyste upp hans rum. Leif gjorde en grimas och reste sig från sängen. *Så nu är ”pappsen” här.* Hade han sett rätt? *Är det inte …?* Visst fasen var det Bertil Nilsson, hans gamla chef från Romaskolan. Det kändes som om han fick en snyting. Jaha och där kommer Elsa i sina fåniga skor. Han såg hur hon vände sig om vinkade vilket han nonchalant avspisade genom att vända ryggen till.

Leif kände hatet växa när han tänkte på hur orättvist behandlad han blivit. Så hon var Bertils dotter? Bertil hade faktiskt fått honom sparkad från skolan. Inte för att han saknade sitt jobb som lärare. Nej det var skönt att slippa de obegåvade ungarna.

Det värsta var att Bertil hade tagit tjejernas parti. Han borde ha lyssnat på honom. Dessutom hade han fått hela lärarkåren att vända sig emot honom.

Leif öppnade byrålådan och trevade med handen under kläderna efter sin svarta skrivbok. Han bläddrade till sista sidan och läste. Bertil Nilsson. Han hade visserligen fått nummer två, men han skulle lika väl kunna bli nummer ett, på hans lista över hämndåtgärder.

En del av namnen hade han förträngt. Det var helt enkelt inte värt arbetet med en hämnd, men Bertil Nilsson som hade svikit honom å det grövsta, kunde han inte bara glömma. Problemet var bara att han var inlåst här. Han måste även planera för en flykt.

"Nu har du en möjlighet till att hämnas på Bertil genom flickungen", ekade hans fars röst i huvudet. Leif kliade sig i huvudet och försökte ignorera den hätska kommentaren. Men vid en närmare eftertanke så. *Det kan faktiskt vara en bra idé*, tänkte Leif och fingrade på boken.

"Du låter henne vara! Hör du det? Lyssna inte på din galning till far." Leifs mors röst gick upp i falsett.

"Tig kärring! Kan ni sluta skrika? Jag blir galen och jag bestämmer själv vad som skall göra." Leif slängde boken i lådan och drämde till den med en smäll.

"Du vet att det skall vara tyst på avdelningen efter klockan nio!", sa Sirpa strängt där hon stod i dörröppningen. "Det är förresten dags att gå och lägga sig." Leif suckade demonstrativt.

"Jag är så trött på alla som ska bestämma över mig."

"Du vet mycket väl vad det är för regler som gäller. God natt!"

*

Stadens hus och kullerstensgator rusade förbi i allt högre hastighet. Ingria höll ett rejält tag om handtagen och försökte hålla cykeln på rätt köl genom att forma kroppen i en onaturlig ställning. Måtte hon hinna. Hon visste inte varför, men hon kände starkt att det var bråttom. Astrids ansikte dök upp på näthinnan. Hon hade verkligen kommit att tycka om denna kvinna, som var en total motsats till henne själv. Astrids glada leende försvann och ögonen blev svarta av skräck. Astrid håll ut. Jag är på väg.

Hon visste inte vart hon var på väg men det verkade inte spela någon roll, någon annan styrde. Ingria försökte klamra sig fast. Det blev snabbt kallare och mörkare. Allt började snurra likt en karusell som löpt amok. Nej! Det här går inte, jag kommer att tappa taget. Ingria kände hur hon flög genom luften, rakt in i mörkret.

Ingria vaknade och kippade efter andan. Herregud! Så hemskt. Nu hann hon inte få reda på vad som var på gång.

Hon rusade fram till fönstret och öppnade det på vid gavel. Vinden utifrån fick henne att dra efter andan och hennes svettiga kropp blev bryskt medveten om den kalla höstluften. Vad skulle hon göra med detta varsel? Hon kunde ju inte gärna varna Astrid, hon visste ju inte för vad.

Om hon skulle prova med kristallkulan? Nej, hon var för trött. Det skulle ändå inte fungera. Ingria drog av sig det fuktiga nattlinnet och tog på sitt ett rent. Hon skulle försöka att somna om. Kanske skulle hon få uppleva fortsättningen på drömmen. Ingria ville få svar även om drömmen skrämde henne från vettet. Darrande släckte hon sänglampan och drog upp täcket.

11.

Så gulligt av pappa att skicka ett inbjudningskort, men lite onödigt med tanke på att de pratades vid för en vecka sedan. Astrid skulle aldrig glömma hans födelsedag och det visste han.

Hon öppnade garderoben och ögnade igenom den i all hast. Han älskade att se henne i blått och det skulle han få göra. Problemet var att hon hade tre nya klänningar och de var alla fina. *Den här är ju bara för vacker*, tänkte Astrid och strök hänfört över den midnattsblåa sidenklänningen.

”Henrik! Kan du komma in till mig ett ögonblick?” Hon hörde hur han reste sig från sitt skrivbord för att strax därpå dyka upp i dörröppningen. ”Ja?” Hon pekade på de upplagda klädesplaggen på sängen.

”Vilken klänning ska jag ha till pappas födelsedag och vad ska du ha på dig?”

”Öh… ja just det. Det hade jag precis glömt bort”, svarade han generat.

”Har du glömt att vi ska åka dit i helgen?”

”Nej! Absolut inte, men jag hade glömt att planera vad jag skulle ta med mig.”

Astrid kunde tydligt se att han ljög, han kunde aldrig hålla masken. ”Då får du se till att göra det eller ska jag välja?”

Henrik nickade. ”Du vet ändå bäst.”

Åh! Detta ointresse för hennes familj. Tänk om han en endaste gång kunde visa lite vilja, om inte för pappas skull, så för hennes. Så länge Henrik behövde pengar var han minsann väldigt tillmötesgående, men när det krävdes något av honom, var det inte lika intressant.

”Du skulle kunna ta den mörkgråa kostymen och den ljusblåa slipsen.”

”Ja den blir säkert bra!” Han undvek hennes blick och gick snabbt in i badrummet.

Hon hörde hur han visslande vred på vattenkranen till badkaret och gick in till honom.

”Så bra att du tar dig ett bad nu, då blir det inte så stressigt i morgon bitti. Förresten, jag ställde in vågen. Det är kanske dags att kolla vikten?” sa hon retsamt och klappade honom lätt på magen där han stod med en virad handduk runt höfterna. ”Ja det är nog dags för oss båda”, svarade han sarkastiskt utan att ägna henne en blick. Astrid visste att hennes vikt hade legat på samma nivå de senaste åren, visserligen inte utan ansträngning, för man skulle aldrig räkna med att få något gratis. Han däremot, hade fortsatt leva som förut när han kunde äta utan att lägga på sig några extrakilon men nu såg hon att han började bli lite rund om magen och dolde ett leende.

”Jag går och lägger mig nu.” Astrid sträckte sig fram och nuddade hans läppar i en godnattkyss.

”God natt! Jag gör detsamma, när jag är färdig här”, sa han och klev i badkaret.

”Vi ses i morgon”, viskade hon och såg med värme på sina föräldrars bröllopsfoto. Hennes mor Ingrid var död sen flera år tillbaka, i cancer. Det hade varit en jobbig tid och hennes far Anton hade upprepade gånger antytt att han inte ville leva längre. Så när han träffade Amelia, en sjutton år yngre kvinna, hade Astrid först känt en enorm tacksamhet, vilken snabbt hade försvunnit vartefter hon hade insett vad för sorts kvinna Amelia var. Hon var slösaktigt och självupptagen.

Vid något tillfälle hade Astrid försökt att prata sin pappa tillrätta, men snabbt insett att det var ett misstag. Han var helt betagen av Amelia. Men tiden hade gått sin gilla gång och Amelia hade envist stannat kvar vid hans sida. Det var ändå inte så ofta de strålade samman, hon och Amelia. Hon var allt som oftast iväg på olika nöjen och inte henne emot, det var lugnast att umgås med pappa ensam.

Katten satt på fönsterblecket och stirrade på henne med hypnotiska ögon. Han jamade och krafsade med tassen på rutan, men vad fruktansvärt du låter, du hostar som en människa? Kattens mungipor drogs ut i ett märkligt leende. Kunde katter le? Tydligen! Men vart hade kissen gjort av sina tänder?

En ihållande hosta, fick henne att återvända till verkligheten. Astrid satte sig förvånat upp och stirrade ut i mörkret. Ett intensivt harklande, tätt följt av dunsande steg hördes från hallen. Taklampan tändes och ljuset därutifrån lyste henne obarmhärtigt i ögonen. Dörren till toaletten slogs igen med en smäll. Hon reste sig motvilligt från sängen.

Hon lade örat intill toalettdörren och lyssnade. "Hur mår du?"

"Inget vidare…"

"Är du sjuk?"

"Jag har ont i halsen och det retar så hemskt. Jag har nog blivit förkyld."

"Aj då. Det var inte bra. Du får väl dricka något varmt och ta en tablett, så att du orkar åka med imorgon. Jag går och lägger mig igen."

En skrällande hosta bröt ut i badrummet.

Astrid tände sänglampan och tittade förvånat på
väckarklockan, *redan halv sju?* Hon hade tydligen lyckats
somna om efter Henriks stök.

Det hade varit tyst efter hans hostattack, kanske kände han
sig bättre nu? Hon öppnade dörren. Jaha! Här lyser ännu
taklampan. Men herregud hade han trevat sig fram längs med
väggarna, tavlorna hänger ju på tre kvart?

Hon stannade till utanför Henriks dörr och lyssnade, inte ett
ljud. Hon knackade försiktigt. "Hallå! Är du vaken?" När
hon inte hörde något öppnade hon dörren försiktigt. *Ingen
här? Är han på toaletten? Nej inte där heller. Men var håller han hus,
har han redan stigit upp?* Det skulle i så fall inte vara likt
honom. Hon satte på sig morgonrocken och skyndade
nerför trappan.

"Nej, men här sitter du ju! Hur är det med dig?"

Ett snörvlande ljud hördes under badlakanet, där han satt vid
köksbordet lutande över en balja hett vatten. "Jag kan inte
andas, är så täppt i näsan och har ont i halsen", frustade han
ansträngt.

"Oj då! Så tråkigt, men då tycker jag att du stannar hemma
och kurerar dig. Men du förstår väl att jag blir tvungen…"

Henrik lyfte handen och gjorde ett tecken som visade på att
han förstod. "Åk du."

Astrid skyndade upp för trappan, klockan hade runnit iväg.
Samtidigt som hon tyckte att det var tråkigt att han hade
blivit sjuk, så var hon tacksam över att han hade valt att
stanna hemma. Det hade hänt någon gång förut att han hade

åkt med fastän han var sjuk och då hade hon fått agera sjuksköterska och uppasserska.

Åh nej! Hon hade ju gett Anna ledigt. Skulle hon ringa och be henne komma? Nej, så kunde hon inte göra, Henrik borde klara sig själv. Han var bara förkyld, inte dödssjuk. Fast för en man kanske det var samma sak.

Astrid ställde resväskan i hallen och såg bekymrat på Henrik. Hon ilade upp på övervåningen och hämtade ett par magnecyl ur medicinskåpet.

"Här har du tabletter. Drick mycket och vila ordentligt. Ring om du mår sämre. Vi ses på måndag kväll. Nu kommer min taxi, Hej då!" Hon klappade honom på handen varpå en snörvling hördes.

*

Henrik hörde hur dörren slog igen och kastade ifrån sig badlakanet. Det var i grevens tid, några sekunder till och han hade storknat av det ångande vattnet. Tänk att hon gick på det, hon som hade gett misstänksamheten ett ansikte. Bara tanken på att åka hem till hennes familj gjorde honom illamående.

Senast han träffade Anton, tvingades han utstå sarkastiska gliringar och kommentarer om otrohet och förmodligen hade det blivit likadant även denna gång. Samt det ändlösa pratet om konst som gjorde honom uttråkad och att det

alltid skulle dras upp att han hade köpt den där
förfalskningen.

…

Henrik tänkte på den gångna natten och fnissade, som han
hade röjt omkring där uppe. Han kanske skulle satsa på en
karriär som skådespelare? Idag blev han väl tvungen att
stanna inomhus och "spela" sjuk, men i morgon tänkte han
minsann bege sig ut till stugan.

Han sträckte på sig och kände ett välbehag. Hela helgen för
sig själv. Henrik såg på baljan med vattnet och ryckte på
axlarna, det kunde stå till senare. Om han skulle ta och åka ut
idag istället? Nej, Elsa jobbar ikväll, men i morgon, då skall
det ske. Men han måste nog fråga en gång till i fall Elsa inte
hade tagit inbjudan på allvar.

Henrik bredde sig några mackor med prickig korv och kröp
upp i soffhörnet med en filt. Han kunde lika gärna passa på
att slappa denna dag.

När han vaknade nästa gång hade det redan blivit
eftermiddag. Han måste få tag i Elsa. Skulle han ringa till
jobbet eller åka dit? Om han ringde, blev han kanske
tvungen att fråga efter Elsa, inte så lyckat. Men om han åkte
dit skulle ingen kunna ifrågasätta varför han var där.

Henrik reste sig från soffan och skakade av brödsmulorna
från filten, väl medveten om att det inte skulle gillas av
Astrid om hon fick veta, att han hade suttit där med kladdiga
smörgåsar.

Norrgatt… man kanske skulle göra ett besök? Bilder av nygräddade wienerbröd dök upp i hans huvud. Det fick bli efter att han pratat med Elsa. *Bor inte hemhjälpen här någonstans?* Han blickade upp mot våningshusen. Det kändes lite märkligt att ha fått en hemhjälp med på husköpet, men varför inte. Hon lagade väldigt god mat, Anna.

Henrik parkerade utanför entrén och klev ur. Jäklar… nycklarna. Äsch! Han skulle väl inte behöva åka hem igen?

Han tryckte på ringklockan och väntade. Det raspade till i högtalaren. "Ja?"

"Det är Henrik, jag har glömt nycklarna."

"Jag kommer!" Det klickade till i låset.

"Elsa? Så det var du? Jag blev lite osäker på om det var du som svarade." Han strök henne över armen.

"Ska du inte komma in?"

"Jag är faktiskt här för din skull", sa han och lade huvudet på sned. Elsa tittade förvånat på honom. "Jag tänkte höra om du vill åka med mig ut till stugan i morgon?"

"Åh! Så du menade allvar?"

Gud vad fin hon är. Så himla söt. "Javisst! Skulle jag inte ha gjort det? Skall vi åka i morgon förmiddag, vid tio-tiden? Blir det bra, är du redo då?" Han gav henne sitt charmigaste leende och hon rodnade och nickade. Hon vände sig oroligt om. "Jag måste gå in, de väntar på mig."

"Jag förstår! Men då ses vi i morgon klockan tio."

Dörren slog igen. Henrik kastade en blick upp mot fönstret
på våningen över entrén. Stod det inte någon bakom
gardinen? Det måste vara Leif, det var hans rum. Han var allt
lite knepig, den där mannen.

…

Henrik sträckte yrvaket på sig och njöt av lugnet. *Borde det
inte det vara dags att stiga upp snart?* Han vände sig om mot
väckarklockan. Vad i helsike! Hade inte klockan ringt?

Han satte sig hastigt upp och kastade sig sedan ur sängen så
täcken och kuddar flög åt alla håll. Nu blev det genast
bråttom och han som hade tänkt ta det lugnt och njuta av
morgonen tills han skulle träffa Elsa.

Henrik tog på sig kläderna i all hast medan han intensivt
funderade på vad han skulle ha med sig. *En väska… drickbart,
bröd, servetter?* Han drog ut den ena lådan efter den andra, inga
servetter? Henrik kastade en stressad blick på armbandsuret
och suckade. Ja där låg de. Han slet åt sig en bunt, men
tappade hälften på golvet. Det blev till att städa när han kom
hem, ingen tid för sådant nu.

Fem minuter i tio stod han vid bilen. En väldigt stressig start
på dagen, men nu skulle han bara se till att njuta. Henrik
tittade i backspegeln, förde handen genom håret och
blottade sina tänder, för att se att inte något olämpligt hade
fastnat. Skräp mellan tänder var en riktig erotikdödare, det
visste han.

Det pirrade till i kroppen när han fick syn på henne när Elsa
kom ut genom grinden. Det var första gången han såg henne

i tajta jeans och midjekort skinnjacka. Hon log lyckligt mot honom och satte sig i bilen.

”God morgon! Sovit gott?”

”Ja verkligen! Så till den milda grad, att jag faktiskt försov mig i morse”, svarade han och tog hennes hand.

”Oj då! Vilken tur att du kom i tid i alla fall.”

”Det är verkligen trevligt att du vill göra mig sällskap till stugan. Vi verkar även ha vädret på vår sida, riktigt skönt idag. Du kanske rent av vill bada fast det är höst?”

Hon skrattade hjärtligt åt hans kommentar och strök honom försiktigt över kinden. ”Jag hoppar nog över badet idag. Vattnet bör vara riktigt varmt för att jag skall bada, tycker inte om att bli kall.”

”Inte ens om jag värmer dig efteråt?”

”Du kan väl värma mig ändå, utan bad?”

”Jag hade inte så mycket ätbart hemma. Vi får stanna i Klintehamn och handla, för i kväll skall vi ha en underbar fest, bara du och jag.”

12.

Så konstigt, varför svarade han inte? Tänk om han var så sjuk att han inte ens orkade ta sig upp för att svara? Nu var det fyra timmar sedan hon försökte första gången.

Det knackade försynt på dörren och hon vände sig sakta om.

"Hur är det Astrid? Är du orolig för Henrik?"

"Pappa… jag är faktiskt lite orolig. Han såg inte alls ut att må bra igår morse."

"Det är klart du blir oroad när han inte svarar. Jag börjar också känna mig lite krasslig, det är många som är förkylda nu. Funderar på att avstå teaterbesöket ikväll."

Astrid mötte hans blick och det var som om hon först nu såg att han hade åldrats betydligt sen förra gången de sågs. "Är du sjuk?"

Han ruskade på huvudet. "Jag är bara trött. Det har varit lite mycket på sista tiden."

"Ja säger du det så…" Det skulle inte förvåna henne ett dugg om det berodde på Amelia. Så som hon hade betett sig när det hade gått upp för henne att Astrid kom utan Henrik. "Nej men gud vad tråkigt! Kommer du ensam och jag som har längtat efter att få träffa honom", hade Amelia sagt med en kall blick på henne. Vad var det med kvinnor egentligen? Varför skulle de alltid tråna efter det som de inte kunde få ..

"Hade de ingen plats för dig på flyget förrän i kväll?"

"Nej, men det gör inget, pappa. Jag tänkte faktiskt passa på att göra ett besök på Café Rival. Det skulle vara roligt om man träffade på någon gammal bekant." Det var verkligen många år sedan Astrid hade satt sin fot där. När hon hade börjat på konstakademin hade hon och hennes vänner brukat träffas där. Hennes intresse för konst och antikviteter hade vaknat tidigt. Först hade hon försökt sig på att måla tavlor men snabbt insett sin begränsning och istället börjat ägna sig åt att handla med konst tillsammans med sin far.

"Om du insisterar så, annars kan jag hålla dig sällskap här hemma."

"Passa på att vila dig du, jag reder mig. Nu är taxin här. Vi ses snart igen." Hon gav sin pappa en varm hjärtlig kram som förvandlades till en stel och pliktskyldig när hon vände sig mot Amelia.

"Du får hälsa så gott till Henrik, hoppas att han kommer med nästa gång", sa hon och log hemlighetsfullt.

Astrid nickade kort och log stramt. Att det skulle bli någon närmare vänskap mellan henne och Amelia, var uteslutet.

"Ja, hälsa svärsonen" instämde hennes far.

Astrid nickade. "Jag lovar att hälsa."

…

En äldre herre log mot henne och höll upp bildörren.

" Jag skulle vilja komma till Mariatorget."

"Ska bli! Ni får ursäkta mig fröken, men är det inte Astrid Ståhl?"

Astrid såg förvånat på chauffören med den jättelika mustaschen. Var det någon hon kände?

"Ja …"

"Jag förstår mycket väl att ni inte kommer ihåg mig, det var ju så längesedan nu."

”Ni får ursäkta… borde jag…?”

”Gunnar Dahl, brukar kallas för Gurra…”

Gurra? Vem var han? Astrid letade i minnet och hela
situationen började kännas pinsam.

”Det är inte så konstigt om du inte känner igen mig, det är
säkert tjugo år sedan vi sågs. Vi var på väg till Mariatorget
den gången, precis som nu, då jag såg min son Tommy rejält
sönderslagen. Jag tänkte hämta upp honom på tillbakavägen
eftersom det var så nära, men du insisterade på att stanna
och plocka upp honom direkt. Han ville inte åka till
sjukhuset och bli förhörd av polisen, så du tog med honom
till din privatläkare som plåstrade om honom.”

”Ja, nu minns jag”, sa Astrid och log mot den storvuxne
mannen.

Han nickade och fortsatte. ”Så du såg ut i din vackra
klänning. Helt nedsmetad av blod och smuts. Du missade
galaföreställningen och fick åka hem igen. Men du verkade ta
det med gott mod.”

Astrid skrattade till vid tanken på om hon skulle ha dykt upp
på festen i sin förstörda klänning, vilken uppståndelse det
skulle ha blivit.

”Hur är det med Tommy?”

”Det är bara bra. Vi jobbar sida vid sida eller snarare i
skift.”

”Så skönt att höra. Då har livet ordnat sig bra för honom.”

Gunnar nickade och log. "Jag har heller inte glömt tjänsten vi är skyldig dig."

"Ni är absolut inte skyldig mig ett dugg", svarade hon bestämt.

"Som du vill! Men skulle du ändra dig, så har du mitt visitkort här."

Astrid tog leende emot kortet han räckte henne, men tänkte i samma stund att hon aldrig skulle kräva igen tjänsten av honom. Förmodligen skulle de aldrig ses igen.

De lämnade det välmående Stocksund och körde mot Mariatorget.

"Då var vi framme." Gurra klev ur och höll upp dörren för henne. "Jag bjuder på åkturen. Ta väl vara på dig."

"Tack detsamma! Hälsa Tommy."

Astrid kände en behaglig rysning när hon blickade upp mot den stora lysande skylten och skyndade mot entrén. Det här skulle bli så spännande. Det var mycket människor här, betydligt fler än hon hade räknat med, mycket ungdomar. Plötsligt kände hon sig gammal.

"Vad får det lov att vara?" sa flickan bakom disken och log.

Astrid såg på flickan och trodde inte sina ögon. Nej, det kunde omöjligt vara…? "Bettan?"

"Förlåt?" svarade flickan tveksamt.

”Det är jag som ska be om ursäkt. Jag trodde att du var någon annan, men inser nu det orimliga.”

”Du sa Bettan, det kan vara min mamma du menade. De säger att jag är väldigt lik henne”, sa flickan och skrattade.

”Ja kära nån! Då får du hälsa så gott från Astrid. Jag skulle kunna tänka mig en räkcoctail, om det fortfarande serveras sådana?”

”En räkcoctail och något att dricka kanske?” Astrid ögnade genom listan. ”Ett glas vitt, skulle sitta fint.”

Astrid satte sig och lutade sig bekvämt mot ryggstödet. Här kunde hon sitta och studera människorna i lugn och ro. Kanske skulle det dyka upp någon bekant, men det verkade inte så troligt, de flesta såg ut att vara betydligt yngre än hon.

…

”Ska jag hjälpa dig in med bagaget?” undrade taxichauffören och stängde bagageluckan på bilen.

”Nej tack, det behövs inte.”

”Då får jag önska en trevlig resa”, sa han och klev in i bilen.

”Tack!”

Astrid skyndade in genom entrén mot incheckningen och vidare till en telefonhytt. Det skulle kännas väldigt skönt om han svarade.

Astrid såg ett upplyst Visby genom fönstret och suckade lättat. Äntligen hemma! Oron gnagde i henne över Henriks uteblivna svar på telefon. Tänk om han blivit så sjuk att han var helt oförmögen att ta sig upp för att svara när hon ringde? Han kanske rent av hamnat på lasarettet. Nej, då borde de väl ha sökt henne? Men om han inte kunnat meddela sig med någon. Astrid rös. Hon reste sig snabbt upp och försökte kliva ut i flygplansgången.

”Ursäkta! Ni får faktiskt vänta på er tur. Vi vill alla av”, muttrade en herre i grå kostym och blängde surt på henne. En doft av exklusivt rakvatten nådde henne och hon drog sig instinktivt ett par steg bakåt. Han strök med handen över sitt grånande skägg och rättade till scarfen som hängde löst runt halsen.

Astrid kände hur hon rodnade och viskade ”Förlåt…”

Med ett stadigt tag om handväskan väntade hon tålmodigt på att kön i gången skulle löpa förbi. Ingen tog någon notis om hennes försök till att komma ut och varför skulle de göra det? De kunde ju inte veta att hennes man kanske låg döende där hemma.

Astrid småsprang de sista stegen genom vänthallen med blicken riktad ut genom glasdörren. Vilken tur! Där stod en taxi och väntade.

”Hallå! Kan du köra mig till Bergsgatan?”

Astrid kände hur någon grep om hennes arm och knuffade undan henne. ”Ursäkta! Men den här bilen är väl beställd i namnet Hansson?” sa mannen uppfordrande utan att ägna henne en blick. Chauffören nickade.

”Ursäkta, men jag har väldigt…”

Mannen vände sig om och hon kände igen honom från kön i flygplanet.

”Bråttom? Ja vem fan har inte det? Men vi kanske kan dela? Jag ska till Strandgatan.”

”Tack! Det skulle vara väldigt snällt.”

Mannen bröt ut i ett bullrande skratt och tittade på henne. ”Skulle jag vara snäll? Det brukar jag aldrig bli beskylld för.”

Taxin gled in på Bergsgatan och stannade med ett ryck. Herr Hansson tittade frågande på henne. ”Är ni möjligen Astrid Ståhl?” Hon tittade förvånat på den elegante mannen intill. Var det någon hon borde känna till?

”Du kanske inte vet vem jag är, men jag är bekant med din far. Han är en mycket duktig affärsman och han har gett mig ditt namn. Vi kanske kommer att göra affärer ihop”, sa herr Hansson och räckte henne ett visitkort. Astrid tog förvånat emot kortet. Konstigt att hennes pappa inte hade sagt något.

”Då hörs vi närmare. Hälsa far din så mycket”, sa han vänligt när hon klev ur bilen.

Herr Hansson bröt åter ut i ett rungande skratt, som fick mustaschen att vicka. ”Vidare till Strandgatan!”

Det vred sig av olust inom henne, när hon såg att det var mörkt i huset.

Astrid såg på förödelsen i köket. Vad i hela friden hade hänt? Bunken han hade suttit över, när hon lämnade hemmet, stod fortfarande kvar och på bänkarna låg en massa saker uppslängda, precis som om någon hade sökt efter något. Servetter? Så konstigt, hade han letat efter näsdukar?

”Henrik! Är du här?” Hon gick in i vardagsrummet. Nej, ingen här heller? En blandning av irritation och oro började krypa genom kroppen, när hon såg brödsmulor över hela mattan. Astrid tittade upp mot övervåningen. ”Henrik! Älskling är du där?” Men allt förblev tyst, så hon fortsatte uppför trappan. Hon suckade och rättade till tavlorna på väggen.

Han var alltså inte hemma, var kunde han vara? På lasarettet? Hade han blivit så illa däran, att han hade varit tvungen att bege sig dit? En ringsignal ekade genom det tysta huset. Det måste vara pappa, tänkte hon och skyndade in på Henriks kontor.

”Hej! Har allt gått bra?”

”Jadå pappa, det har gått bra.” Hon funderade en kort sekund, borde hon berätta? Nej, det var onödigt att oroa honom.

”Ja, då vet jag att du är hemma på plats igen. Vi hörs väl av som vanligt eller hur?”

”Ja. Absolut! Det gör vi.”

Astrid öppnade dörren till Henriks sovrum. *Obäddat? Kuddar och täcke på golvet?* Hon måste ringa till sjukhuset.

Hon skyndade ner och ryckte åt sig telefonboken, lyfte handen efter luren och fick syn på nyckelskåpet. Var fanns nycklarna till stugan? Astrid kände hur klumpen i halsen hårdnade och började göra ont. Vad i hela friden hade tagit åt honom? Hade han blivit deprimerad och tänkt fly fältet? Det här var inte alls bra. Hon var visserligen trött efter dagen, men att gå och lägga sig nu var inte att tänka på. Hon måste åka ut till Fröjel. Astrid försökte minnas om han hade sagt något speciellt på sistone, men kunde inte komma på något annat, än att han hade varit väldigt tystlåten.

13.

Astrid körde fort längs kustremsan med fönstret nervevat. Fläkten från sjön och lukten av våt sand kändes lugnande och uppfriskande. Det var inte långt kvar. Månen pendlade mellan att lysa i sin fulla glans till att nästa stund bli osynlig bland mörka moln.

Hon saktade in för att ta svängen genom grindhålet och höll som så när på att köra in i Henriks bil. Tack och lov, han var här! Men varför ställa bilen mitt i infarten och inte inne på gården? Astrid suckade irriterat, backade och klev ur.

Astrid förstod egentligen inte varför, men ljudet av en dörr som slog igen fick henne att hastigt smyga in bakom ett träd. I skenet från månen såg hon hur någon på lätta fötter, huttrande sprang över gården till dasset. Det där var definitivt inte Henrik! Men nog hade det sett ut som hans skjorta.

Hennes hjärta slog hårt. Astrid närmade sig ett av husets fönster och ställde sig på tå, för att kunna se in. Huvudet surrade som ett stressat getingbo, när hon såg röran. Det var öppet in till sovrummet och hon kunde tydligt urskilja Henriks fötter som stack ut under täcket. *Det svinet!* Här hade hon alltså varit orolig å hans vägnar och så hade han åter igen bedragit henne?

På soffbordet stod en tom vinflaska och två vinglas. När Astrid fick syn på den rosa spetsprydda behån, prydligt hängandes över soffans ryggstöd kände hon en enorm lust att slå näven mot fönstrets sköra glas.

Den skitstöveln… Hjärtat bankade så hårt att hon kände sig svimfärdig. Astrid hörde en duns från dasset och styrde stegen bestämt dit. Hon stod stilla utanför och lyssnade. En blandning av det illaluktande dasset och kvinnans parfym, fick henne att se rött. Hennes första impuls hade varit att slita upp dörren och trycka ner vem de månde varas huvud i det illaluktande hålet, men hejdade sig. Hon vred ljudlöst runt vredet på dörren och skyndade därifrån. Astrids ben styrde mot hennes vilja mot stugan, men stannade i sista sekund. Aldrig i livet att hon skulle göra sig till åtlöje inför dem.

Det här skulle stå honom dyrt, väldigt dyrt. Astrid lyfte en tung sten och kastade den på den mörkblå, välpolerade motorhuven. Så skönt det kändes att få ge hämnd på hans käraste ägodel tänkte hon. Inte för att det gick att se så här dags, men den var alltid välputsad.

En ilsken röst hördes från dasset och hon bestämde sig för att åka därifrån.

”Oj då, den gick visst av”, muttrade hon bistert och såg med en viss tillfredsställelse på den avbrutna backspegeln.

Tårarna brände och gjorde blicken suddig. Hon orkade inte gå igenom det här en gång till. Varför gjorde han så mot henne? Saknade han något som han blev tvungen att söka hos andra?

Oj! Med hjärtat i halsgropen trampade hon på bromsen och försökte styra tillbaka upp på vägbanan igen. Det var nära. Tänk om hon hade kört in i stenmuren. En sorgsen tanke fick henne att känna att det kanske skulle ha varit det bästa? Nej, pappa skulle bli så ledsen.

Astrid stannade bilen och klev ur. Med tårfyllda ögon blickade hon upp mot Klinte kyrkas tornspets vilken bildade en skarp kontrast mot månens kalla ljus. Hennes förtvivlade hjärta fick henne att styra stegen in på den mörka kyrkogården. Planlöst gick hon omkring tills hon satte sig på en bänk. Ett stilla regn träffade hennes kind och hon började frysa. Vad gjorde hon här på en kyrkogård mitt i natten?

Något lugnare satte hon sig i bilen igen och körde in mot stan. Henrik skulle få ångra det här. Hon visste inte hur, men det skulle svida rejält. Det var ett som var säkert.

*

Henrik huttrade och drog täcket tätare om sig. Hade det blivit strömavbrott, så elementet hade slagit av? Sakta men säkert kom han till medvetande ur den djupa sömnen. Han trevade med handen över den andra sänghalvan. Elsa?

"Hallå!" Allt var tyst. Henrik satte sig yrvaket upp på sängkanten och drog täcket om sig.

Ett svagt avlägset dunkande nådde hans öron och han reste sig i all hast. "Elsa! Var är du?" Han gick en snabb sväng genom stugan och fortsatte ut på farstukvisten.

"Hallå! Släpp ut mig!"

Henrik såg förfärat ut mot dasset och ruskade olustigt på sig. "Elsa, är du där?"

"Henrik! Släpp ut mig!" Hennes röst steg upp i falsett och bankningarna tilltog.

Han trevade efter låset och vred om. "Hur har det här gått till? Slog du igen dörren för hårt, så vredet ramlade ner?"

"Är du galen? Jag låste inte ens på insidan. Varför skulle jag slå igen dörren så hårt?"

"Gick du utan ficklampa?"

"Nej! Vad tror du egentligen? Självklart hade jag den med mig. Den slocknade för en god stund sedan. Jag fryser!"

"Javisst! Vi går in. Hur länge har du suttit där?" sa han lite smått road. Henrik försökte lägga täcket över hennes axlar, men hon knuffade demonstrativt undan honom och skyndade med ryckig gång mot stugan.

”Förlåt! Det var inte meningen att skratta. Men lite lustigt är det väl, eller hur?” Henrik mötte hennes bistra blick och förstod att hon inte delade hans uppfattning.

”Lustigt? Kallar du det lustigt att behöva sitta ute på ett illaluktande dass och frysa mitt i natten? Dessutom har jag varit tvungen att borsta bort ett antal spindlar från mina ben.” Elsa samlade ihop sina kläder och började klä på sig.

”Kom och kryp ned vid mig”, försökte han bedjande.

”Jag vill hem!” sa hon med sammanpressade läppar medan hon knäppte knapparna i sin blus.

”Snälla…” Han gjorde ett sista försök till att blidka henne men insåg att han inte hade något att hämta.

…

Henrik stannade ljudlöst utanför Elsas grind. Inte ett ljud hade hon sagt under hela bilresan. Han såg sorgset på henne sammanbitna profil.

”Förlåt för allt.” Elsa gav honom ett snabbt ögonkast innan hon böjde sig fram och gav honom en snabb kyss på kinden.

”Du…” började han.

Hon viftade avvärjande med handen. ”Tyst! Säg inget mer. God natt!”

Henrik suckade och körde den sista biten hem. Vilket fiasko Varför hade han inte hört henne tidigare? Det var klart att hon var upprörd över att ha blivit inlåst på utedasset.

Astrid vandrade rastlöst av och an i huset. Vad skulle hon göra? Ena stunden tog ilskan och hatet i, för att i nästa stund sänka henne i djupaste sorg. Hon hade av någon oförklarlig anledning gått in på Henriks rum, slitit åt sig hans huvudkudde och tryckt näsan mot den. Astrid drog in lukten från honom och kände ett hugg i hjärtat.

Ett svagt brummande ljud nådde henne och helt plötsligt lystes rummet upp av ett starkt sken. Astrid gick fram till fönstret och hjärtat började bulta vilt. Henrik? Ja, mycket riktigt. Det var han.

Astrid såg hur bilen stannade till framför grannens infart. Sprang han runt hos grannarna nu också? En liten nätt kvinna klev ur bilen. Så han hade ihop det med grannflickan? *Åh! Herregud hon kan inte vara gammal.*

Resväskan! Henrik får absolut inte veta att jag redan är hemma, tänkte hon i panik och sprang nerför trappan och slet åt sig resväskan från hallen. Astrid kastade in den bakom soffan och gömde sig i all hast bakom en fåtölj.

Hon hörde hur han frustade när han tumlade in genom dörren och slet av sig skorna. Tydligen hade hon lyckats förstöra hans lilla äventyr i alla fall. Han for uppför trappan och slängde igen sin dörr.

Astrid öppnade ytterdörren och fick syn på Henriks bil. Det var synd på en fin bil. Men hans svek hade gjort henne både förtvivlad och vansinnig. Astrid gick på tå upp för trappan och lyssnade vid hans dörr. Hans snarkningar hördes ända ut. På vägen ner hängde hon tavlorna på trekvart igen. Allt för att det skulle se ut som tidigare.

Astrid visste inte hur länge hon hade suttit där, men tydligen hade hon somnat i fåtöljen. Hon hörde ljud av fotsteg i trappan och reste sig upp.

"Astrid?!" sa han förvånat och tog ett stadigt tag om ledstången.

Hon undvek hans undrande blick i fall hennes röda ögon skulle skvallra. Hon skulle minsann spela sin roll, ända till det bittra slutet. Bittra för honom i alla fall. Med den tröstande tanken lyckades hon svara honom med vänlig röst. "Jag tog ett tidigare flyg hem."

"När kom du?" undrade han spänt. Han tog de sista stegen ner.

"Nu på morgonen. Jag var orolig för dig. Du var så sjuk när jag åkte."

Henrik vände bort blicken och gick ut i köket. Hon hörde hur han vred på vattenkranen och hur han fyllde ett glas. Det klunkande ljudet när han svalde fick henne att se rött. Hon hade alltid svalt hans kroppsliga ljud med jämnmod men nu störde det henne enormt.

Astrid ställde sig i dörröppningen och tittade med avsmak på hans slarviga klädsel. Dessutom luktade han gammalt vin och billig parfym.

"Men du ser ut att må bättre nu?"

"Tack för din omtanke. Jag mår mycket bättre." Han sträckte ut sin hand för att röra vid hennes kind, men hon lyckades vända sig om innan den hann nudda henne.

14.

Ingria kände vinden i ansiktet och höll händerna krampaktigt på styret. Skulle hon tappa taget, då var allt förlorat. Cykeln hoppade fram på kullerstenarna. Hennes hjärta bankade bråttom, bråttom. Varför? Hade det med Astrid att göra? Människor såg förvånat på henne där hon kryssade sig fram mellan cyklister och fotgängare. "Akta!" ropade en kvinna förfärat och drog i sista sekund in kopplet till sin hund. "Förlåt!" Vart var hon på väg? Hon uppförde sig som en galning. Hur skulle hon få stopp på detta vansinne?

Gnisslet av en vajande skylt i vinden fick henne för ett ögonblick att släppa blicken framåt. Hoppsan! Där tog visst vägen slut. Så mycket människor! Hela torget vid S.t Hansplan liknade en nyväckt myrstack. Jaha och vad ska jag göra här?

Mitt i allt vimmel fick hon syn på en kvinna i en vackert röd kappa. Astrid? Ingria lyfte handen till en hälsning. Kvinnan förde elegant handen över sin kapuschong och mötte hennes blick. Det där var inte Astrid. Den hårda kalla blicken suddades ut och förvandlades till ett kranium. Hjälp! Nu tappade hon kontrollen över cykeln.

Allt blev svart. Vad hade hänt? Det kompakta mörkret skingrades en aning och Astrids oroliga ansikte bröt igenom.

Ingria drog en suck av lättnad. "Där är du ju?"

Astrid såg på henne med tårfyllda ögon.

"Varför gråter du?"

Ingria kippade efter andan och satte sig mödosamt upp på sängkanten. Hon orkade inte med det här längre. Varför hade hon förbannats med denna gåva, som det brukade kallas? Drömmen hade varit mycket obehaglig. Det verkade som den ville varna för något. Svävade Astrid i livsfara? Borde hon varna henne på något sätt? Men vad kunde hon säga? Hon skulle kunna ringa henne imorgon och fråga hur hon hade det.

Ingria sneglade på väckarklockan. Tjugo minuter över två. Det var inte ens tidig morgon. Ja, den fick vara hur mycket den ville, hon måste ha en kopp te. Kanske skulle det hjälpa henne att somna om.

Allt var ännu tyst och lugnt. Med blicken fäst på huset mitt emot slappnade hon långsamt av. Muggen var tömd och hon kände sig behagligt varm. Nu var det nog dags för sängen.

Hon gäspade och ställde ifrån sig muggen på diskbänken. Ett ljus i ögonvrån fick henne att kasta en blick mot rummet intill. Hade hon glömt att släcka?

Ingria sträckte sig efter strömbrytaren men fastnade mitt i rörelsen. Lyste det från kristallkulan? Försiktigt drog hon ut stolen och satte sig ner. Det här hade hon aldrig tidigare varit med om. Att den lyste var väl egentligen ett för starkt ord, den snarare flämtade likt en tändstickslåga som kämpade för sitt liv.

Hon kunde inte låta bli. Hennes händer slöts beskyddande runt kulan. Visst kunde hon känna ett visst motstånd? Hjärtat bultade hårt. Händerna ökade trycket mot kulan utan att hon kunde göra något åt det. De satt fast. Ett öronbedövande dån bet sig fast i hennes huvud och hon kunde inte längre se klart. Hennes kropp slungades runt likt i en karusell som löpt amok. Jag måste få tag i … något som kan få det att stanna …

"Ingria! Vakna!"

Hon kämpade mot mörkret och skymtade en gestalt långt där borta.

"Det får inte vara sant. Du får inte lämna mig."

Ingria hörde den desperata rösten och försökte se. Men skuggorna runt om henne blev allt mörkare och ljuset slocknade helt.

"Så hårt och så kallt…"

Ingria öppnade försiktigt ögonen. Hon kände sig stel och öm och huvudet kändes som om det var full av bly. *Vad hände? Aj! Här kan jag inte ligga.* Hon reste sig mödosamt upp och gick på skakiga ben in till sängen. Frågorna rusade runt i huvudet. Men lika fort de kom upp till ytan har de sjunkit ner till djupet igen och hon somnade likt någon som tagit ett par glas för mycket.

15.

Leif var bara tvungen, kunde inte vänta längre. Det var dags att göra ett besök i förrådet. Han kunde svära på att det fanns ett hemligt lager av godsaker där och att nyckeln fanns tillgänglig, det visste han, för han hade minsann haft koll på läget. Det hade inte gått en dag utan att han hade sett den hängande där på kroken.

Han lyssnade spänt vid dörren, allt var tyst, förutom hans högljudda mage, den var som besatt av tanken på kakorna som han snart skulle få sätta tänderna i.

Försiktigt sköt han upp dörren och tittade ut i den skumma korridoren. Leif huttrade till när han kände det kalla golvet mot sina bara fötter, men beslöt sig för att det var nu det gällde, kalla golv eller inte. Han skyndade bort till förrådet.

Var fanns nyckeln? Leif trevade febrilt med handen mellan handdukarna. Ingen nyckel? Hur kunde det ens vara möjligt? Han kände längs med golv och bänkar, men den var och förblev borta. Suget i magen tilltog, så förbaskat orättvist!

Leif smög ut i köket och öppnade skafferiet och fick syn på burken med skorpor, suckade irriterat. *Ja, det får väl duga.*

Ljudet av nattsköterskans skor ekade allt högre. Ajaj… vad skulle han göra nu? Leif fick syn på städskåpet och klämde sig hastigt in bland hinkar och trasor. Genom den smala dörrspringan såg han den lilla rultiga Linnea.

Leif såg hur hennes blick fastnade på skorpburken på köksbordet och hur hon ruskade på huvudet. "Märkligt", muttrade hon och ställde in den i skafferiet. Vattnet bubblade i kastrullen och hon hällde det i en stor kopp.

Plötsligt stod den bara där, påsen med muffins. Leif kunde inte tro sina ögon och gav ifrån sig en hög flämtning. Som tur var, märkte hon inget, hon var upptagen med att nynna på en sång.

"Hallå!" hördes en ynklig röst inifrån Ullas rum. Linnea suckade och ställde ifrån sig koppen och skyndade iväg. Leif öppnade dörren och tittade lystet på påsen med muffins och plockade åt sig alla utom en och smög försiktigt tillbaka till rummet. Vilken fest!

16.

Astrid puffade kudden tillrätta och kröp under filten. Tröttheten drog i hennes ömma ögonlock. Henrik hade inte ifrågasatt hennes korta kommentar, att hon var trött och tänkte gå till sängs och varför skulle han ha gjort det? Han trodde att hon hade kommit med morgonflyget.

Henrik visslade glatt i badrummet och ilskan steg igen. Hennes behov av att få kasta det i ansiktet på honom, att hon minsann visste var starkt, men en inre röst talade henne tillrätta och hon förblev tyst.

Han hade gått över gränsen en gång för mycket. Hon skulle hämnas om det så var det sista hon gjorde.

"Astrid, älskling…" Hon låg alldeles stilla och låtsades sova. "Jag måste åka bort till jobbet en sväng. Jag är hemma igen om en liten stund."

Knivspetsen vreds runt ett varv i hjärtat. Hon kämpade mot gråten. Dörrspringans ljus försvann och Astrid svalde hårt. Helst av allt hade hon velat springa efter. Varför kunde han inte bara vara nöjd med att älska henne? Men mitt i hennes djupa förtvivlan blev hon bryskt påmind om nattens händelse och sorgen övergick i ilska.

Plötsligt bröts tystnaden av hårda klamp i trappan och dörren for upp. "Vilka jäkla vandaler! Astrid du måste komma ner och se!"

Hon suckade demonstrativt. Tog ett djupt andetag och kastade sig runt med ryggen åt dörren. "Astrid… Någon har vandaliserat min bil."

”Så tråkigt. Du får väl ringa polisen”, muttrade hon och drog filten tätare om sig.

”Jag får väl göra det. Du skulle inte kunna tänka dig…?” *Ha! Det kan du inbilla dig.* Skulle hon hjälpa honom med en anmälan?

”Det klarar du. Bara slå numret till polisen och säg ditt ärende”, sa hon avfärdande.

Hjärtat bultade hårt. Så skönt att neka honom hjälp. Det var synd på den fina bilen, men den var *hans* ögonsten. Hon skulle ha gjort samma sak igen om det så behövdes. Märkligt nog började trötttheten dra i ögonen. Det skulle vara skönt om hon kunde sova en liten stund.

…

Astrid sträckte på sig och fick en bitter smak i munnen när hon tänkte på nattens händelse. Hon drog undan gardinen från fönstret och tittade ut. Henriks bil stod parkerad som tidigare. Var han fortfarande hemma?

Försiktigt öppnade hon dörren ut till hallen och lyssnade. Nej det var alldeles för tyst och nedsläckt, han måste ha gett sig av. Men att han skulle ha promenerat någonstans, det tvivlade hon på.

Jaha! Hennes bilnycklar var borta. Den uslingen. Trodde han verkligen att han hade rätt till att ta hennes saker? I vanliga fall kunde hon väl tänka sig att låna ut den, om han frågade först. Men nu när hon visste vad han höll på med, kändes de som en ytterligare skymf. Åh! Hon var rasande på honom, mer än vad hon någonsin tidigare hade varit ...

Sirpa plockade in de rena glasen i skåpet medan hon såg vänligt på Elsa. "Det var snällt av dig att hoppa in på din lediga dag. Ingelas man ringde i morse. Han trodde att värkarbetet hade satt igång. Ja det är inte långt kvar för henne. De måste nog sätta in en vikarie snart. "

Elsa ruskade på huvudet. "Ingen fara, jag hade ändå inget annat för mig". Sirpa såg bekymrat på henne. "Har det hänt något?"

"Nej … Ändrade planer, sen vaknade jag med huvudvärk. Det går nog över snart." Att hon skulle anförtro sig till Sirpa kändes otänkbart.

En ettrig signal ljöd från snabbtelefonen.

"Jag tar det!" Lättad över att få slippa Sirpas oroliga blick, gick hon ner till ytterdörren. Vem kunde det vara som kom utanför besökstid?

Elsa såg hänfört på den eleganta kvinnan klädd i mörkgrön byxdräkt med matchande hatt och scarf. Hennes klackskor slog hårt mot stengolvet när hon klev in genom dörren.

"Jag söker Henrik Ståhl. Var sitter han?"

Kvinnan tittade granskande på henne.

"Henrik? Ja han är nog på sitt kontor. Ska jag…?" Hon rodnade under kvinnans kalla blick. Herregud hur hade hon kunnat kalla honom vid enbart förnamn. Så korkat.

"Nej jag hittar honom nog! Tack!"

Elsa såg generat efter kvinnan som försvann bort i korridoren med snabba steg. Elsa gick in i köket. "Vem var det där?"

Sirpa såg på henne med fast blick. "Det där? Det är Henriks fru."

"Fru?" Det kändes som om någon hällt ett spann iskallt vatten över henne. Var Henrik gift?!

"Visste du inte att han var gift?" Elsa såg generat på Sirpa, "Nej… det visste du tydligen inte."

Sirpa lade tröstande sin hand på hennes axel. Elsa ville sjunka genom golvet. Det här fick inte vara sant.

"Jag behöver hjälp! Nu!", hördes en irriterad röst inifrån Annas rum.

"Jag går in till Anna. Stanna här och ta hand om det sista av disken. Jag kommer snart tillbaka."

Det gjorde så ont, som om hjärtat skulle gå i tusen bitar. Hade han blåst henne totalt? Hon avbröts i sina tankar av den besökande kvinnans arga röst. Elsa lyfte händerna från diskbaljan, torkade dem i all hast och skyndade bort mot kontoret.

"Du kan inte bara ta min bil. Du har din egen. Skäms du för hur den ser ut, ja då får du väl gå. Har du gjort en polisanmälan?" Elsa hörde hur Henrik suckade plågat.

"Nej… jag hoppades att du kunde hjälpa mig…" Elsa backade snabbt in bakom dörren.

"Jag vill ha mina bilnycklar! Du får ta dig hem bäst du vill.
Skulle inte du vara ledig idag förresten?" Elsa började känna
sig illa till mods. Fy! Som hon betedde sig mot honom. Hon
började nästan ångra sitt utbrott vid stugan. Egentligen var
det en olyckshändelse. Han kunde inte rå för att låset hade
gått igen. Men hur skulle allt bli nu? Hon kunde väl inte
fortsätta sitt förhållande med honom om han var gift?

Elsa skyndade sig tillbaka till köket igen och undvek noga
Sirpas undrande blick. Det här var inte bra. Att Sirpa visste
om hennes situation gjorde allting svårare. Hon hade helst
velat försvinna någonstans. Få vara ifred och gråta.

"Hej Astrid! Så trevligt att få se dig här!"

Hjärtat for upp i halsgropen och hon började hosta. Kände
de varandra? Tänk om Sirpa skulle berätta? Nej, det skulle
hon väl ändå inte göra?

"Hej Sirpa! Hur är det?" Elsa vände sig om och slätade
envist ut den väl strukna bordduken.

"Tack! Allt är bara bra. Jag har lunch nu. Har du tid att
stanna en stund?"

"Jag tror inte att jag hinner, men vi ses väl på Röda korset,
på torsdag?"

"Ja det gör vi. Låt mig presentera er. Det här är överläkare
Henrik Ståhls fru Astrid och det här är min kollega Elsa
Nilsson." Astrid log kort och räckte henne handen. Elsa
vågade inte möta Astrids blick. Tänk om det syntes att hon
hade haft ihop det med hennes make? Hon kände hur ådern
på hennes hals buktade ut för varje pulsslag. Nej, så kunde

det väl ändå inte vara? Utan att Elsa behövde se, kände hon att Henrik helt plötsligt befann sig där, bredvid sin fru.

"Jag åker med dig hem." Inte en blick gav han henne. Olusten ökade för varje sekund. Elsa ville ta tag i honom eller att han skulle ta tag i henne och säga att allt var ett missförstånd. Att han visst älskade henne, bara henne. Tårarna brände bakom ögonlocken. Hon såg hur de gick iväg tillsammans, Henrik och hans fru och suckade tungt.

"Vill du prata om det?"

Elsa skakade på huvudet utan att möta Sirpas blick. Det fanns för tillfället inget att prata om. Inte med henne.

*

Var det inbillning eller var Astrid irriterad på honom? Hon kunde omöjligt veta vad han hade haft för sig eftersom hon kom hem i morse.

Han borde kanske inte ha åkt till jobbet, men önskan att få ordna upp situationen med Elsa hade varit stark. Men han hade inte ens fått en chans att be henne om ursäkt och till råga på allt, dök Astrid upp och var ilsken. Vad gjorde det at han hade lånat hennes bil, hon låg ändå och sov? Ibland förstod han sig inte på henne. Hade det hänt något i Stockholm som gjort henne på så dåligt humör?

”Det ringer!” Astrid låste snabbt upp dörren och rusade in. ”Typiskt! Nu hann de lägga på”, sa hon bittert och spände ögonen i honom. ”Ring och gör din anmälan.”

Henrik såg bedjande på henne. ”Kan inte du…?”

”Finns det en endaste anledning till varför du inte själv skulle kunna?”

”Du vet att jag tycker det är jobbigt att…”

”Just därför bör du göra det”, svarade hon kort och gick upp på övervåningen.

Han suckade högt, men lyfte luren och slog numret till polisen.

”Visby polisstation. Du pratar med Vera Lund.”

Henrik harklade sig försynt. ”Hej! Mitt namn är Henrik Ståhl och jag skulle vilja anmäla en skadegörelse på min bil.”

…

”God dag! Mitt namn är Henrik… jag ber om ursäkt. Mitt namn är Ruben Olsson och jag kommer från polisen.” Den unge polisen såg nervöst på honom och räckte fram handen.

”God dag! Det är jag som är Henrik Ståhl. Ja, någon har förstört min bil. Den står där.”

”Hm … det där ser inte roligt ut. När har det här hänt tror du? Jag får väl börja med att ta lite anteckningar.”

I samma stund öppnades dörren och Astrid kom ut.

”Det måste ha hänt här för jag har legat sjuk, så jag har inte varit ute med den på flera dagar!” sa Henrik med flackande blick.

Polisman Olsson vände sig om mot Astrid. ”Det här är min fru Astrid, hon kan styrka min berättelse”, sa Henrik och tittade bedjande på henne.

Astrid rynkade ögonbrynen. ”Blanda inte in mig i det här. Jag har varit på fastlandet.”

”Så du har inte varit ute och kört med den?”

”Absolut inte! Jag har min egen”, svarade Astrid kort.

Polisman Olsson plockade fram en kamera och matade fram filmen. Han synade närgånget märket på motorhuven. ”Jag får nog använda mig av en blixt.” Han knäppte några kort och såg fundersamt på Henrik. ”Kan det vara en hämndattack? Har du kanske förargat någon?”

”Varför undrar du det? Vad jag vet har jag inga fiender. Ja, inte här i alla fall”, sa Henrik och ryckte på axlarna.

”Vad säger frun?” sa polismannen och vände sig om mot Astrid.

”Säg det? Jag kan inte svara för alla hans görande. Varför tror du att det handlar om hämnd?”

Polisman Olsson ryckte på axlarna. ”Ja av skadorna att döma. Det ser snarare ut som om någon har varit arg istället för att någon skulle ha varit ute för att sabotera. Det är bara en känsla jag har, men vi ska naturligtvis ha allt i åtanke, men det brukar vara svårt att komma åt sådana ligister.”

Henrik suckade djupt och såg förfärat på den skadade lacken.

"Vi får avvakta och se", sa Ruben Olsson och plockade ner sin kamera i fickan. "Adjö då, jag hör av mig om något dyker upp." Polismannen lyfte handen lätt till en vinkning och klev in i polisbilen. Henrik tittade bekymrat efter bilen.

"Henrik! Har du gjort något du inte borde?"

Han kändes sig plötsligt rädd och skakade på huvudet. Han gav henne sitt charmigaste leende men det besvarades med en kall blick.

17.

Henrik hade verkligen överträffats sig själv denna gång. Inte nog med att han hade ljugit för polisen, även hon hade blivit tvungen att göra det. Astrid hade försökt att hålla god min under middagen, så att Anna inte skulle märka något. Det hade dock inte gått så bra, för aptiten hade varit dålig och hon hade lämnat mer än hälften av sin mat på tallriken. Men Henrik hade varit som vanligt, inte en min hade han röjt.

Hur kunde han bete sig så här mot henne, gång på gång? Det måste vara sjukligt eller så var hon totalt oduglig som hustru. Alla hans snedsprång genom åren kom farande genom hennes huvud och nu hade han en ny älskarinna… igen. Astrid smakade på ordet och blev illamående. Bara hon såg honom kände hon sig äcklad.

Astrid tvingade bort tankarna på Henrik och började fundera
på tavlan som hade levererats på eftermiddagen, den hon
hade köpt in för sin fars räkning. Hon hade inte ens tagit sig
tid till att låsa in den, så den stod fortfarande kvar på golvet i
hennes sovrum.

Vad var det nu han hette, mannen som hade levererat
Zorntavlan? Tom…? Hon mindes inte efternamnet. En
riktigt stilig man som såg ut att vara i hennes ålder. Tänk om
Henrik åtminstone hade haft ett uns av denne mans intresse
för antikviteter. Det skulle ha varit så härligt att få dela det
med någon mer än sin far.

Astrid tittade på klockan. Redan tio? Hon smög uppför
trappan. Hon hade inte lust att stöta på Henrik. Dörren in till
hans sovrum stod på glänt och blicken drogs ofrivilligt dit in.
Han verkade inte ha hört henne, där han stod helt stilla och
såg ut genom fönstret.

Hon stannade till för en sekund och betraktade mannen vid
fönstret som allt mer tycktes bli en främling. Det gjorde ont.
Varför kunde hon inte bara säga till honom vad hon kände?
Men inom sig visste hon svaret, för risken fanns att han
skulle lämna henne om hon ställde honom till svars och
innerst inne vill hon inte att han skulle försvinna ur hennes
liv.

Med tårfyllda ögon fortsatte hon in i sitt rum. Astrid gick
fram till fönstret, ville dela hans vy för en stund. Blicken
vandrade vidare in till huset mitt emot. Det var ju där han
hade lämnat av kvinnan, Elsa. Visst var det så hon hette?
Helt plötsligt var hon där, den där Elsa. Astrid kunde tydligt
se hur hon gick omkring i köket. Är det henne han står och

glor på? Så ung och söt. Med håret delvis uppsatt i en slarvig knut, som fick de fria lockarna att dansa mot hennes axlar.

Så där bohemisk hade aldrig Astrid tillåtit sig vara och det hade hon fått efter sin mor. Skulle hon ha försökt med det i sin ungdom, att lätta litet på det stela, då hade modern genast varit där och förmanat. "Släpp inte ut henne! Låt aldrig den vilda kvinnan få frihet. Det kommer bara att bli problem, tro mig." Det där hade satt djupa spår inom henne.

En sen kväll, för många år sedan, när Astrid hade varit femton år, hade de åkt ut på stan. Sakta längs med Stockholms gator hade de glidit fram i en taxi. "Ser du där?" hade modern sagt och pekat mot en samling lättklädda kvinnor. Astrid hade sett på dem med en viss förfäran. "Där kommer män och hämtar dem."

Astrid hade inte förstått vad hon hade menat och sett skrämt på sin mor med en oskyldig flickas ögon. "Det är synd! Och vet du vad det värsta är?!"

Astrid hade varit nära till tårarna. Inte på grund av de lättklädda kvinnorna, för de såg inte ut att må dåligt, utan för moderns panikslagna röst. "Det föds så många oönskade barn!" Astrid hade genast vänt bort blicken från gatan. Oönskade barn? Vad var det?

Modern såg strängt på henne och höll henne i ett krampaktigt tag. "Lova mig att aldrig bli som dem. Lova mig det!" Astrid kunde inte göra annat än att lova, fast hon inte förstod, vad det handlade om.

"Vi åker hem nu", sa modern och knackade taxichauffören på axeln. Astrid kunde se chaufförens blick i backspegeln,

vilken först mötte moderns blick och sedan hennes. "Som ni
vill frun!"

18.

Ahlkvist guld stod det på skylten. Henrik hade varit där för
någon vecka sedan, men hade redan glömt namnet på
butiken. Då hade han köpt ett riktigt vackert halsband till
Astrid, som om någon vecka skulle fylla år. Röda rubiner och
guld. Han visste precis vad hon ville ha.

Det var samma rundnätta man som förra gången, troligtvis
ägaren, som stod bakom disken. "Välkommen!"

Henrik nickade artigt till svar. "Jag skulle vilja se på något
vackert halsband."

"Javisst! Fler födelsedagar?" sa mannen vänligt och tog fram
en glasförsedd låst låda. Han låste upp och placerade den
framför Henrik som nickade och böjde sig fram. "Oj, det va
många fina att välja mellan."

Det var svårare än han hade trott. Vad skulle Elsa kunna
tänkas tycka om för något? Bara hon inte skulle ta det fel,
egentligen var det på tok för tidigt att ge någon en sådan
present, men han kände ett starkt behov av att be henne om
ursäkt.

Av någon märklig anledning hade han kommit att tycka om
henne, kanske en aningens för mycket. I regel brukade det
aldrig gå så långt, han visste sin gräns. Han ville inte bli av

med Astrid heller, hon var hans fru och de hade byggt upp en hel del gemensamt och han skämdes en aning. Äsch! Lite måste man väl få leka? "Det här är riktigt vackert", sa Henrik och pekade på en guldkedja med tre glittrande stenar.

"Ja, det är ifrån vår nya kollektion", sa mannen och rättade till klackringen på sitt finger.

"Då tar jag det. Kan du slå in det i ett litet vackert paket?"

"Det gör jag så gärna."

Henrik kunde inte låta bli att se på mannen, när han med små feminina rörelser lade smycket tillrätta i en liten ask. "Presentpapper också?" Henrik nickade och plockade fram checkhäftet.

Mannen tog ett ögonmått av asken och klippte av en bit guldpapper. "Rött snöre? Blir det bra?" Henrik nickade återigen. Vilken tur att han inte hade bråttom. Han mötte Henriks blick, satte saxen mot snöret och drog ett snabbt tag, så det föll i vackra krusiduller. "Så där ja!" Mannen slog in summan på kassaapparaten och log mot honom. "Det blir sjuhundratrettiotre kronor."

Typiskt! Nu kom Henrik ihåg att checkarna var slut, men han hade kvar av dem på deras gemensamma konto. Han fick väl gå in på banken så fort som möjligt och föra tillbaka pengarna. Henrik lutade sig mot disken, skrev ner summan på checken och räckte den till butiksägaren.

"Du får ursäkta, men jag måste av säkerhetsskäl ringa banken. Det har varit så mycket bedrägerier på sistone. Jag hoppas att du inte tar illa vid dig."

Henrik skakade på huvudet. "Ring du! Jag väntar." Mannen försvann in på kontoret intill.

"God dag! Det var Hjalmar Ahlkvist. Jag skulle vilja kontrollera en check", sa han och trummade med sina ringprydda fingrar mot skrivbordet. Henrik tittade lugnt ut genom fönstret medan han väntade.

"Jaså? Ja… då vet jag."

Henrik såg förvånat på honom. Inte täckning på kontot? Det måste vara fel. Det brukade väl alltid finnas pengar på det kontot? "Vad de kunde se, så hade det tagits ut en större summa häromdagen, bara en krona och fyrtio öre fanns kvar", svarade mannen vänligt.

"Jag lägger undan paketet, du kan komma in och hämta det senare."

Henrik drog bekymrat med handen över hakan. Han skulle inte hinna till banken innan den stängde, varken för att ta ut pengar eller beställa nya checkar idag. Att fråga Astrid om det rådande läget på deras gemensamma konto var uteslutet.

Det plingade till i dörrklockan och Henrik ansåg det omöjligt att fortsätta samtalet. "Då väntar jag er inom en snar framtid då", sa Hjalmar och log stelt.

"Jag kommer förbi så fort jag kan. Hej och tack!"

Det här var inte bra. Vad skulle han göra nu? Han ville verkligen ge Elsa en försoningspresent, inte för att han egentligen trodde att det behövdes, men det hade varit en fin gest.

”Förbaskat också!” Henrik tittade irriterat på den lilla lappen som satt fast på dörren till Ahlkvists Guld. *Stängt på grund av sjukdom. Öppnar igen på måndag* stod det med sirliga bokstäver. Han som hade jäktat till banken, tagit ut pengar och skyndat hit, så var det stängt!

…

Henrik strök med handen på den röda sammetsasken, men släppte den lika snabbt. Detta halsband hade han köpt till Astrid, men hon visste inte att… Henrik öppnade asken och såg på det vackra guldhalsbandet med den röda rubinen. Det hade svidit rejält i hans plånbok, men att komma med något mindre kändes otänkbart och att ge Elsa det … Nej! Det kunde han inte.

Henrik lade ned asken i skrivbordslådan och knuffade igen den med en smäll. Han fick nog be henne om ursäkt, utan försoningsgåva.

Det var fredag och det närmade sig hans eftermiddagspass. Henrik var ensam hemma, Astrid hade begett sig ut på stan, för att köpa en klänning till sitt födelsedagskalas. Tanken på halsbandet i skrivbordslådan gjorde sig alltmer påträngande och till slut kunde han inte längre stå emot.

Utan att tänka på några vidare konsekvenser tog han trappan i tre kliv, slet ut lådan och stoppade det vackra etuiet i fickan. Hans hjärta bultade litet extra hårt, när han satte sig i bilen för att åka till jobbet. En varningsklocka ringde långt därinne i hans huvud, men för varje meter han närmade sig S:t Olofs sjukhus försvagades klangen allt mer.

”Jag trodde du visste att jag var gift”, sa Henrik med spelad förvåning när Elsa stängt dörren in till hans kontor.

”Hur skulle jag kunna veta det!?” sa Elsa upprört och såg besviket på honom. Henrik drog henne intill sig och kramade henne ömt.

”Vi lever inte som ett gift par ska. Vi har ingenting gemensamt, har till och med skilda sovrum. När jag träffade dig tog du mig med storm, för jag brukar inte göra så här.” Henrik plockade upp asken ur fickan och räckte den till henne.

”Men inte kan jag …?”

Henrik såg på Elsas rodnande kinder och log. ”Visst kan du, jag vill att du ska ha det. Allt blev så fel där ute i stugan. Jag vill verkligen gottgöra dig.”

Han såg på den röda rubinen som smyckade hennes hals och kände en klump i halsen. Det som för någon minut sedan hade känts självklart, kändes nu lite bittert. Men Astrid visste ju inte att det som egentligen skulle ha blivits hennes, nu satt runt Elsas hals.

”Du får ta av det. Jag kan inte ha det här och nu, det skulle bli alldeles för mycket frågor och antydningar”, sa Elsa hänfört. Henrik lossade det lilla knäppet och smekte hennes nacke. Han kände hur hon stelnade till och vände sig om mot honom.

”Tack! Du är förlåten…”

”Du, underbara lilla varelse… Vill du gå på bio med mig i morgon?”

Henrik bläddrade i Leifs journal och skakade olustigt på huvudet. En riktigt komplex man. Han hade alltså matat råttor med steroider, kidnappat barn och dessutom hotat att spränga en skola i luften? Henrik drog fotpallen närmare sig och sträckte ut benen i dess fulla längd. Det här kunde ta tid, för det fanns gott om papper att gå igenom.

En sak han ville ha reda på, var om rösterna ännu fanns kvar i Leifs huvud och hur mycket det påverkade honom. Om en stund skulle han ha sitt första terapisamtal med Leif. Det skulle bli intressant att få lära känna patienten bättre.

Han vaknade bryskt ur sina funderingar när telefonen gav ifrån sig en gäll signal.

”Henrik Ståhl!”

”Hej! Det är Astrid. Störde jag dig i något?” Henrik såg förvånat på telefonen. Hon brukade väl aldrig ringa honom på jobbet.

”Nej! Jag försökte sätta mig in i en del journalanteckningar, men det är ingen fara. Vad har du på hjärtat då?”

”Jag kommer inte hem förrän senare ikväll. Jag har blivit bjuden på middag av herr Hansson.”

”Herr Hansson?”

”Han hade visst något fint erbjudande till mig, några utsökta italienska glaspjäser som jag letat efter länge.” Henrik gjorde en grimas. Han visste precis hur hon såg ut just nu, där hon stod vid telefonen och rätade ut den förargligt tilltrasslade telefonsladden.

”Jaha och när kommer du hem?” frågade han likgiltigt.

”Det vet jag inte men det blir nog sent. Jag fick förresten tag på en vacker klänning idag. En mörkröd med vackra gulddetaljer. Tänkte att den skulle passa väldigt fint till smycket.”

”Smycket?” Hjärtat slog ett extraslag. Det här hade han absolut inte räknat med. Vad hade hon att göra i hans lådor? Han torkade av sina svettiga händer på sina ljusgrå byxor och lämnade en ful fläck.

”Åh! Förlåt… Jag glömde. Jag råkade se det när jag letade efter en penna i ditt skrivbord …”

Astrid lät inte alls beklagande, snarare belåten. Typiskt! Så irriterande.

”Jag vet inte riktigt vad jag ska svara på det, men gjort är gjort. Jag måste sluta nu, min patient är på ingång”, sa han kort.

Bekymrat lade han ner luren i klykan. Tusan, vad skulle han ta sig till nu?

Henrik kastade en blick på klockan. Oj! redan dags. Han reste sig hastigt från stolen och rättade till kläderna. Han måste skärpa sig. Det skulle aldrig fungera med ett terapisamtal om hans egna tankar for omkring i huvudet.

…

Dörren in till samtalsrummet öppnades och Leif kom in. Henrik log välkomnande. Hans blick drogs till den perfekt kammade mittbenan. Inte ett hårstrå såg ut att ligga fel i det råttfärgade håret.

”Vad glor du på?”

”Du är välkammad idag.”

Trots den spikraka benan gav Leif ett slarvigt intryck där han stod i brun tröja med en grön skjorta inunder hängandes utanpå ett par skrynkliga byxor.

Henrik pekade på fåtöljen mitt emot. ”Var så god och sätt dig.” Leif såg sig om i rummet och tittade missnöjt på stolen.

”Den där soffan ser betydligt skönare ut. Jag behöver ligga. Dålig rygg förstår du.” Han ryckte åt sig en kudde i förbifarten och lade sig sedan tillrätta.

”Självklart! Bara du inte somnar ifrån mig så.” Leif brydde sig inte om att svara utan kastade bara en nonchalant blick på Henrik.

”Ja, Leif! Får jag höra lite om hur du har det?” Leif höjde ögonbrynen och formade munnen till ett streck som Henrik tolkade som ett sarkastiskt leende.

”Vad är det för fråga? Ska jag berätta om hur jag har det? Det vet ni väl? Jag får ju stå ut med er dagligen. Då borde du förstå hur jag har det … eller?”

Henrik kunde inte låta bli att dra på mun. Den där mannen verkade kunna ge svar på tal. Det här kanske skulle bli svårare än han hade föreställt sig.

”Om jag ändrar lite på frågan. Hur mår du nu för tiden?”

”Ja, hur kan man må på ett sådant ställe som det här? Inlåst och fast med ett gäng idioter. Dessutom är det förbaskat tråkigt kaffebröd på det här stället. Jag skulle vilja gå på Siesta. De har de godaste kakorna på hela ön.”

”Siesta. Fiket på Öster?” Leif såg ivrigt på honom och nickade.

”Hur är det med vännerna där hemma, saknar du dem?”

”Vänner?” sa Leif och fnyste. ”Det är helt enkelt överskattat. Jag har aldrig haft några vänner.”

Henrik låtsades läsa i Leifs journal för att få lite betänketid. ”Vet du varför du är här?”

”Förmodligen för att mina föräldrar har flyttat in i mitt huvud och ställer till problem.”

”Saknar du ditt arbete som mattelärare?”

Leif reste sig hastigt upp ur soffan och skrek. ”Det var den där förbaskade rektorn, Bertil Nilsson. Det var han som såg till att jag fick sparken.”

Hade han hastat för snabbt bland frågorna? Leif satte sig ned igen. Han såg harmlös ut, men skenet kunde bedra.

”Rektorn trodde mer på ungjävlarna än mig. Jag fick inte ens försvara mig.” Leif blängde ilsket på honom. Henrik lyfte avväpnande handen för att lugna honom. Leif lade sig tillrätta igen.

”Var det därför du gjorde inbrott och tänkte spränga skolan?”

”Jag hade nycklar så inte gjorde jag väl inbrott då? Min far
sa åt mig att spränga skolan och jag tyckte att det lät som en
bra idé.” Han lade upp fötterna på soffans armstöd och
krängde av sig skorna så de for i golvet med en smäll. Henrik
antecknade och såg fundersamt på Leif.

”Skall vi ta en kaffepaus och fortsätta samtalet om en
halvtimme?”

”Jag blir väl tvungen att gå ut till de andra, antar jag. För
du tänker väl inte servera mig här?”

Henrik skakade på huvudet och log. ”Vi går ut till de andra
båda två.”

…

”Fikasugna?” sa Sirpa med sin härliga finlandssvenska
dialekt och räckte dem en korg med kex.

Henrik nickade och hällde upp kaffe till sig och Leif. ”Vad
nu då? Var det inte två kex kvar?”

Leif såg oskyldigt på honom och ryckte på axlarna.

”Jaja … jag klarar mig utan”, sa Henrik och gick in på sitt
kontor.

…

Hur skulle han rätta till det här med smycket? Han hade
ingen möjlighet att köpa ytterligare ett och be att få tillbaka
det av Elsa var uteslutet. Det dåliga samvetet blev allt
plågsammare när han tänkte på att Astrid hade låtit så glad.
Hon skulle aldrig förlåta honom … ja, vid närmare

eftertanke, så skulle nog ingen av dem göra det, vilket valet än skulle bli.

Henrik tittade på klockan. Det var dags att gå tillbaka.

I väntan på att Leif skulle komma, passade Henrik på att fortsätta sin läsning i journalen. Inbrott … Det hade han förnekat till att ha utfört. Leif hade heller inte ansett sig att ha gjort något fel. Han hade bara ryckt på axlarna och undvikit att ge svar.

Tänk om …? En absurd tanke började snurra i hans huvud. Nej, absolut inte … en sådan tanke fick man inte ens fundera på. Sådant händer bara på film.

…

Dörren for upp och Leif stegade in. Han tog av sig skorna och slängde sig i soffan likt tidigare.

”Vad för sorts fikabröd tycker du bäst om?” Leif ryckte till och satte sig upp

”Idag är jag väldigt sugen på wienerbröd. I morgon kan det vara något helt annat.”

Henrik drog ett djup andetag. ”Vad skulle du säga om att få ett bakverk om dagen, i en månads tid.”

Leif flyttade fötterna fram och tillbaka, vilka lämnade fuktiga spår på golvet, och såg intresserat på honom. ”Vad menar du?”

Varningsklockorna ropade *nej, nej och åter nej* i bakhuvudet, men Henrik valde att inte lyssna. "Jag skulle kunna bjuda dig på det. Om du gör mig en tjänst."

"Tjänst? Vadå för tjänst?" undrade Leif med blicken fäst i golvet.

"Jag skulle verkligen behöva din hjälp. Det är en hemlighet och jag är inte så säker på att du klarar av att hålla på den?"

Leif såg förnärmat på honom. "Om det vankas fikabröd, skall jag tiga som muren."

19.

Hjärtat bultade hårt när Henrik med ett stadigt tag om Leifs arm skyndade genom dagrummet. Det han nu tänkte genomföra, var en helt galen och vansinnig handling. Men han visste varken ut eller in. Tänk om Linnéa skulle upptäcka dem?

De stod tysta i trappan och lyssnade spänt. Henrik öppnade försiktigt porten. Inte en själ syntes till. Snabbt sprang de över gården till hans bil. Framme vid bilen tvekade Henrik för en sekund. Skulle det verkligen fungera? Han såg på Leif, där han stod med toppluvan nerdragen över ansiktet.

"Men herregud! Du måste ha den rätt", viskade Henrik nervöst.

"Vadå?"

Henrik rättade oroligt till mössan. "Ser du nu? Det är urklippt för ögonen."

Leif speglade sig i bilrutan och flinade. "Det här var inte snyggt, hör du!"

"In i bilen med dig! Vi hinner inte bry oss om ditt utseende just nu."

Tack och lov att han kom på att använda sig av en hyrbil. En beige Opel. Kunde inte bli tråkigare än så. Ingen skulle lägga märke till bilen och gjorde någon det skulle ingen förknippa honom med den.

"Kom ihåg att det här är topphemligt. Du får inte yppa det här för någon. Förstår du? För då blir det inget kaffebröd från Siesta."

Leif nickade allvarligt. Henrik stannade bilen framför grannens hus.

"Där är huset. Du ska ta dig in genom källarfönstret."

Leif kastade en blick på huset och speglade sig i backspegeln.

"Nu får du skärpa dig. Det här är allvar."

"Blir det wienerbröd i morgon?"

"Ja, om du lyckas med ditt uppdrag. Det finns ett trasigt fönster ner till källaren. Där ska du krypa in. Sen går du trappan upp. När du väl kommit in i hallen, fortsätter du upp en trappa till."

"Vad gör jag sen?"

”Det vet du. Jag har förklarat det ett flertal gånger.”

”Varför kan du bara inte gå in och hämta det själv?”

”Jag har tappat mina nycklar.”

Leif såg allvarligt på honom och nickade. ”Utan nycklar kommer man inte in.”

De kryssade mellan buskar och träd för att inte synas och stannade sedan framför källarfönstret.

Henrik höll upp fönstret och viskade otåligt. ”Seså, in med dig. Kom ihåg halsbandet i skrivbordet.”

*

Leif blinkade några gånger för att vänja sig vid mörkret. Det kändes inte helt bra det här, men så kom han att tänka på allt kaffebröd han skulle få och då kändes det genast betydligt bättre.

Ögonen vande sig fort vid det skumma ljuset och trappan blev synlig. Han trampade försiktigt på första trappsteget. Inget knarr. Doktorn hade lovat att ingen var hemma, men det var bäst att ta det säkra före det osäkra. Nyckeln i låset gled lätt runt och dörren åkte upp. Så där ja!

Här har vi hallen och där är trappan.

Leif började försiktigt gå uppför trappan. Det var bara några trappsteg kvar när en ljuv arom av nybakta kanelbullar nådde hans näsa och han blev tvungen att stanna. Leif backade några steg, men kom att tänka på halsbandet. Utan det skulle det inte bli några wienerbröd.

Han fortsatte trots det stora motståndet uppför trappan och hittade dörren in till doktorns kontor. Men vad det luktade gott! Leif drog ut skrivbordslådorna, en efter en. Här fanns inget halsband! Ingen tid att förlora. Lika bra att hälla ut allt på golvet.

Var fanns det förbaskade halsbandet någonstans?!

Den goda bulldoften gjorde honom oförsiktig och han rusade in i de andra rummen. Besviket insåg han att han var tvungen att ta sig ut, utan uträttat ärende. Skulle han nu bli snuvad på alla godsaker?

Leif gick trappan ner och golvades nästan av doften. Han satte handen på nyckeln till källardörren, men släppte den tvärt. Det här gick inte för sig. Inte kunde han låta bli att undersöka detta?

Alldeles för sent insåg Leif att han gjort ett fatalt misstag. Kvinnan såg på honom med förskräckta ögon och gav upp ett illvrål. Han tog ett steg fram mot henne. Hon tappade taget om kastrullens handtag och hundratals gula ärtor for ut över golvet.

"Kanelbullar!"

Hennes skräckslagna ansikte förlorade med ens all färg.

"Stå inte där och väsnas!" väste han irriterat och knuffade henne mot skafferiet. Leif såg hur hon sträckte sig efter stekpannan på spisen. "In med dig!" Han kände hennes knuffar mot dörren och vred om nyckeln.

Åh! Så många bullar. Vilken fest. Han drog undan mössan från ansiktet och tog sig en rejäl tugga. Så goda … Han slet tag i en papperspåse och drog med armen över bänken för att fösa med sig så många som möjligt. Kvinnans tunga, flämtande andetag bakom skafferidörren irriterade honom. Han riktade en spark mot den. "Tig!"

Dörren till grannhuset öppnades. En man kom ut. *Är det inte…? Ja visst är det Bertil Nilsson, den falska jävla rektorn.* Nu hade han chans att utkräva hämnd och ge honom ordentligt med spö. Leif knöt nävarna. Tänk att få trycka ner den där stinkande rökpinnen i halsen på honom. Han knycklade ihop papperspåsen så bullarna inte skulle ramla ur och rusade mot ytterdörren.

*

Ett obehagligt dån tog fäste i Henrik. Med vitnande knogar höll han hårt om ett par staketspjälor medan han försökte hålla koll på vad som försiggick inne i huset. Än så länge såg allt ut att vara lugnt. Så han fick väl anta att Leif gjorde det han skulle. Tack och lov hade gatlampan slocknat. Då behövde han inte oroa sig över att någon skulle se honom. Henrik tittade spänt mot källarfönstret. Borde han inte vara tillbaka nu?

Där, äntligen fick han syn på en svart skepnad i ytterdörrens avlånga glasruta. Då var Leif förmodligen på väg ner till källaren. *Men... nej, vad gör han? Den galningen! Typiskt!* Hur kunde han någonsin inbillat sig att det skulle gå så enkelt?

Nej, nej och åter nej, inte in i köket! Men hans bön blev ohörd.
Leif hade onekligen bestämt sig för att ta en extrasväng.
Henrik såg sig nervöst omkring. Skulle hela planen gå åt
helvete nu? Tänk om Astrid skulle komma hem?

Henrik vandrade oroligt av och an längs staketet. Vad skulle
han ta sig till? Helt plötsligt tändes ljuset i köksfönstret likt
en film på duk.

"Anna!" Vad gjorde hon i köket så här dags? Hon borde
ha gått hem för flera timmar sedan. Nej! Det fick inte vara
sant. Benen skakade så fruktansvärt att han blev tvungen att
leda sig fram. Även urinblåsan gjorde sig tillkänna.

Stackars Anna. Vad hade han ställt till med? Att bli arg på
Leif, var ingen idé. Han hade bara sig själv att skylla. Men
varför hade Leif inte bara kunnat hålla sig till deras plan?
Bullar? Så det var det som dragit honom till köket? Maximal
otur alltså. Utan förvarning kom Leif rusande ut genom
ytterdörren, vrålande.

"Nu ska du få din jävel!"

Herregud! Hade han blivit spritt språngande galen? Henrik
skyndade mot honom.

"Stopp! Vad tar du dig till människa?" Men Leif såg inte ut
att vilja stanna. Utan att tänka, sträckte han ut benet i Leifs
färdriktning och lyckades med nöd och näppe hindra honom
att rusa vidare.

"Nej! Mina bullar", flämtade Leif när han for till marken
med en duns.

Henrik kastade en orolig blick mot grannen, vilken tydligen inte hade märkt något av all uppståndelse.

"Lugna ner dig. Har du glömt ditt uppdrag?" viskade Henrik.

"Jag vill ha mina bullar!"

Leif rullade runt på mage och började försiktigt resa sig upp. Aldrig i livet att han tänkte låta honom löpa amok. Han blev tvungen att handla nu. Snabbt halade han fram etuiet med den färdigladdade sprutan ur fickan och satte sig gränsle över Leif.

"Ligg still!"

Leif försökte skaka honom av sig, men kapitulerade då nålen nådde hans lår.

"Aj … jag vill ha mina …"

Henrik väntade några sekunder och lyfte sedan försiktigt Leifs arm, vilken föll till marken när han släppte taget. Nervöst såg han sig omkring. Det här skulle kunna äventyra hans karriär.

Henrik reste sig upp, stapplade fram till bilen och öppnade dörren. Det var hög tid att ge sig av härifrån. Astrid kunde komma hem när som helst. Med ett bestämt tag runt Leifs midja drog han upp honom från marken och baxade in honom i bilen. Det var tur att Leif var liten och klen.

Vad skulle han göra med alla bullar som låg utspridda över vägen? Äsch! De fick ligga kvar. Han riktade en spark och kickade in några stycken under grannens häck.

Henrik parkerade vid en telefonkiosk som planerat och plockade fram några mynt. För säkerhets skull om någon skulle råka komma förbi, lade han en filt över den sovande Leif i baksätet.

Nervöst väntade han på att någon skulle svara.

"S:t Olofs sjukhus. Du talar med Linnéa."

"Hej Linnéa! Det är Henrik Ståhl. Skulle du kunna vara så snäll och låsa in journalerna i arkivet. Jag glömde visst det och nu gnager det inom mig."

"Javisst! Det är lugnt på avdelningen för tillfället, så jag kan smita iväg en stund."

"Tack snälla du! Du är en ängel." Han lade luren tillrätta i klykan och skyndade ut till bilen. Det var länge sedan han hade varit tvungen att använda sig av en telefonautomat.

Henrik ställde bilen vid ena gaveln av huslängan och drog ut Leif ur bilen.

"Försök att stå på benen." Leif såg på honom med grumliga ögon och försökte göra honom till viljes. "Nu måste du vara knäpp tyst. Vi ska smyga in på avdelningen." Leif försökte säga något, men avbröts av en kraftig hicka. "Lova att vara tyst." Leif nickade matt och ögonlocken sjönk allt längre ner.

Henrik tryckte in nyckeln med darrande hand och vred om. Han knuffade upp dörren och drog med sig Leif in. Skulle d hinna? Hur lång tid kunde det ta att gå till arkivet?

Ljudlöst öppnade han dörren in till avdelningen. De hade tur. Med Leifs panna vilande mot sin axel och med ena armen runt hans midja, tryckte han nyckeln i låset till Leifs rum. I samma stund hörde han Linnéas steg komma allt närmre. Nu gällde det att vara snabb. Han visste att det var dags för tillsyn och hade de otur, valde hon att gå till Leif först.

Med ett kraftigt ryck slet Henrik undan sängkläderna och lade Leif tillrätta. Snabbt drog han av skorna och ställde dem prydligt nerför sängen och lade på filten. Nyckeln sattes i låset. Henrik kastade sig in bakom dörren. Hjärtat slog hårt. Han höll andan och tryckte sig in i hörnet, måtte det gå vägen.

Dörren öppnades. En smal ljusspringa växte sig allt större. "Sover du Leif?" viskade Linnéa. Leif grymtade något och kastade sig runt i sängen.

"Men herregud! Vad har du på dig för något?" utbrast Linnéa förvånat.

Sablar… hur kunde han glömma luvan?

"Ja du är allt en riktig knasboll du", sa hon ömt, lade filten till rätta och tassade sedan tyst ut på tå.

Det var på tiden. Han hade nog inte kunnat hålla andan så länge till. Linnéas steg försvann allt längre bort i korridoren och han öppnade försiktigt och tittade ut. Kusten var klar. Han ägnade Leif en sista blick och fick syn på luvan. Inte fasiken kunde han lämna kvar den.

"Den där tar jag", viskade han och drog försiktigt av honom mössan.

20.

Astrid såg i smyg på Tom, där han satt bredvid henne i bilen. Den maskulina hakan och det snyggt klippta gråsprängda håret, tilltalade henne. Han var även välklädd och charmig.

"Vi lägger väl bort titlarna?" hade han sagt och hållit hennes hand, kanske aningen för länge. Herr Hansson hade dock insisterat på att de skulle säga herr Hansson till honom.

Det hade varit en underbar middag. Till en början hade de pratat om glaskonst för att sedan komma in på svensk mattdesign. Det var länge sedan hon hade haft så roligt. Astrid rodnade när hon mindes den elektriska stöt hon känt när Tom hade hjälpt henne på med kappan.

"Ja då var vi framme. Det har varit väldigt trevligt att få lära känna dig. Dina kunskaper om antikviteter och konst var givande att ta del av. Jag hoppas att vi ses snart igen", sa han och log.

Hon mötte Toms blick och drog efter andan. Vad var det som höll på att hända? Varför blev hon så påverkad av hans sätt att se på henne?

"Jag måste få säga detsamma. Det var underbart att få prata med någon som delar mitt intresse. Tack för en angenäm kväll och för att du körde mig hem."

Tom tittade ut genom fönstret och rynkade ögonbrynen. "Är det inte lite för kallt för att låta ytterdörren stå öppen?"

Förvånat såg Astrid på dörren och olusten vaknar. "Det var konstigt."

”Vill du att jag går med dig in?”

”Väldigt gärna. Det här känns inte bra.”

De stannade till för en kort sekund på trappan och kikade in. Allt såg ut som vanligt. Hon lyssnade spänt.

Astrid grep tag i Toms arm. ”Sch! Hör du hur det bankar?”

Tom nickade allvarligt.

”Hallå!” hördes en svag röst inifrån huset.

”Det är Anna! Kära nån. Vad kan ha hänt? Det låter som det kommer från köket.”

De skyndade ut till köket och möttes av ett golv fullt med gula ärtor.

”Anna?!”

”Hjälp mig. Jag är inlåst i skafferiet.”

Med skakiga händer vred Astrid om nyckeln och öppnade. Där satt hon, stackars Annas med sitt rödgråtna ansikte. Astrid drog henne intill sig och höll om henne hårt.

”Så fruktansvärt…” stammade Anna. ”Du skulle ha sett … nej, han hade en hemsk luva med hål för ögonen. Jag såg hans ögon, de var mörka och otäcka.”

”Vi måste ringa polisen”, flikade Tom bestämt in.

Astrid kastade en blick ut i den mörka hallen. *Inbrottstjuv? Tänk om han är kvar?* ”Har du suttit här länge?”

"Jag vet inte? Jag tror inte att det är så länge, men det känns ändå som en evighet. Jag hörde när han sprang ut och en bil köra iväg."

Bullpapper? Astrid såg på den nästintill tomma bakbänken.

"Jag tror att han tog alla bullar", sa Anna bedrövat och satte sig tungt på en köksstol.

"Ska vi gå runt och se?" undrade Tom och lade beskyddande armen om Astrids axlar.

"Nej! Jag vågar inte ta risken att stå öga mot öga med en tjuv."

Anna spärrade förskräckt upp ögonen och ruskade på huvudet. "Se inte på mig! Aldrig i livet vill jag möta honom igen."

*

Fast Henrik visste varför polisbilen stod parkerad utanför deras hus, så var det obehagligt. Nu var det inte han som hade varit inne i huset, men det var han som hade beställt inbrottet. Nu var det avgörande ögonblicket. Skulle de se på honom och ana att han var den skyldige? Benen kändes som gelé när han gick upp för trappan. Han tog ett djupt andetag och försökte få bort den ömmande klumpen i halsen, men den satt envist kvar. Tveksamt klev han in i hallen.

”Henrik Ståhl?”, sa en äldre man i polisuniform. ”Jag heter Oskar Olsson och är från polisen. Henrik nickade stelt.

Den andra polisen, vilken var en yngre kopia av den förste vände sig om och nickade mot Henrik. ”Hej! Vi har träffats förut. Häromdagen. Åverkan på bil.”

”Ja … Ruben Olsson, eller hur?”

Henrik fick syn på Astrid och en för honom okänd man i kostym. Hon vände sig om. Han lyfte handen för att vinka henne till sig. Mannen lade beskyddande armen om Astrids axlar.

”Jag är hemma nu äls…”

Vem var det som stod med armen om Astrid? Han såg inte ut att vara polis?

”Ni har tyvärr haft inbrott här ikväll”, sa den äldre polismannen.

”Vad hemskt!” Henrik tog sig för pannan, ”Har något blivit stulet, älskling?”

Mannen som stod med Astrid släppte genast taget om hennes axlar och klev fram mot honom.

”Tom Rydgren!”

Henrik bröstade stridslystet upp sig och såg kallt på honom. ”Jaha … och vem är du?”

Astrid såg roat på honom och log sedan mot Tom.

”Vi har haft en trevlig kväll på restaurang Faventia,
tillsammans med herr Hansson. Vi har pratat om
antikviteter. Tom var så snäll och körde mig hem, eftersom
det hunnit bli sent. När vi upptäckte att ytterdörren stod på
vid gavel var Tom vänlig och följde med in. Inbrottstjuvarna
eller tjuven låste in stackars Anna i skafferiet.”

”Hur är det med henne?”

”Du kan gå in och prata med henne själv, men jag tror att
hon mår ganska dåligt.”

Henrik gick vidare in i köket och hittade henne sittande på
en stol.

”Så fruktansvärt Anna. Skulle inte du ha varit ledig ikväll
förresten?”

”Ja, det skulle jag, men ibland blir det inte som man har
tänkt sig”, sa hon och suckade tungt.

”Behöver du uppsöka en läkare tror du?”

”Nej! Absolut inte. Jag behöver bara få komma hem och
sova. Jag känner mig helt slutkörd.”

”Skall jag köra Anna hem?”

”Nej! De snälla poliserna har erbjudit mig skjuts.”

Henrik nickade skuldmedvetet och återvände till de andra.

Oskar Olsson kom gående nerför trappan och ruskade
bistert på huvudet.

"Han har förmodligen varit på övervåningen och sökt i era lådor. Det är visserligen bara ett antagande. Men det ser så ut. Ni kan följa med Ruben upp på övervåningen. Han antecknar medan ni kollar om något fattas."

Irriterande nog, slog Tom följe med dem upp. "Ursäkta! Men varför ska han gå med?" sa Henrik skarpt.

"Nej, det är så sant! Jag ska nog tacka för mig och åka hem. Jag hoppas att det ordnar sig till det bästa för er."

Tom tog Astrids hand och strök den försiktigt.

"Du ska ha ett stort tack. Jag hade aldrig vågat gå in själv", sa hon med ett leende.

Vad fasen hade Tom för rätt att vidröra henne? Astrid var hans fru. Lusten att ge sprätten en snyting var stor, men Henrik behärskade sig.

Henrik höll upp ytterdörren för Tom och drog igen den med en smäll när han försvunnit ut. Med bävan gick han upp till de andra. Först vågade han inte se. Tänk om Leif lämnat spår efter sig?

"Nej! Inte mitt fina halsband!" utbrast Astrid och började gråta. Henrik kände sig skamsen. Han hade verkligen inte velat göra henne ledsen. Men vad annars skulle han ha gjort? Leif hade gjort ett bra jobb. Spåren efter inbrottet såg äkta ut.

"Är det något som är stulet?" undrade Ruben.

"Ja! Min present. Ett vackert halsband." Astrid vände sig mot Henrik och lät sig omslutas av hans famn.

”Ett guldhalsband med en röd rubin”, fyllde Henrik i med skrovlig röst.

Henriks skjorta blev blöt av hennes tårar. Men allt han kunde tänka på var att han fick hålla om henne. Det var länge sedan han hade hållit henne i sin famn.

Oskar kom in på kontoret och såg sig omkring. ”Något mer som försvunnit?”

”Pappa … jag menar inspektör Olsson. Räcker det med att skriva ett guldhalsband?”

”Vi får nog ta det lite mer detaljerat om vi ska kunna anmäla det.”

Henrik beskrev det så gott han kunde och räckte Astrid en näsduk.

”Har frun fler smycken?” undrade Oskar medan Ruben antecknade flitigt.

”Ja, en del ligger i mitt smyckeskrin och en del har jag inlåst i kassaskåpet.”

”Kan ni visa oss smyckeskrinet?” Astrid nickade och gick före in till sitt rum.

”Där är det. Det verkar vara orört”, sa hon lättat.

”Konstigt”, sa Ruben fundersamt när han tittade i skrinet. ”Om han var ute efter smycken, varför tog han inte detta?” Ruben såg sig omkring och fortsatte vidare in i Henriks sovrum. ”Inget verkar vara rört här heller. Kanske hör inbrottet ihop med åverkan på er bil? Eller vad säger du papp… Oskar?"

…

Äntligen åkte de! Det hade varit betydligt jobbigare än han hade räknat med. De hade övertalat Anna att träffa en läkare. Men det värsta hade varit att se Astrid så ledsen och vem var den där Tom Rydgren? Varför skulle han sno åt sig titeln som superhjälte? Det hade verkligen känts olustigt att se henne stå så nära honom, som om de var ett par.

Henrik vände sig om med ett leende på läpparna. "Du skall få ett nytt halsband det lovar jag dig", sa han och drog henne intill sig. Hon stelnade till i hans famn och drog sig loss.

"Jag är trött, god natt."

Jaha! Vad hade han nu gjort för fel?

21.

Usch! Vilken huvudvärk. Natten hade varit fruktansvärd. Astrid hade befunnit sig i en dvala mellan vaket tillstånd och mardrömmar.

För en gångs skull hade Henrik visat sig vara den trygga mannen, när han sökte igenom huset efter spår och konstigheter. Ett trasigt källarfönster, troligtvis var det där tjuven tagit sig in. Astrid rös. Om inte Henrik lagat det hade hon inte vågat vara kvar i huset.

Tanken på det vackra halsbandet som nu var borta gjorde henne sorgsen och stackars Anna som blivit sjukskriven på obestämd tid. Skulle hon vilja komma tillbaka till dem efter detta?

Astrid blundade och försökte tränga undan den envisa värken i ögonen, men gav upp då det verkade bli värre. *Mitt huvud, måste ha en aspirin innan det går i bitar.*

Hon satte sig upp på sängkanten och rättade till blusen. Hade hon lagt sig med kläderna på? Uppenbarligen. Vid ett tillfälle hade allt känts så hemskt att hon funderat på att gå in till Henrik, men som tur var hade hon hejdat sig i tid.

…

Det iskalla vattnet smakade friskt och Astrid tömde glaset tillsammans med tabletten i ett svep. Hon satte sig tungt på en stol intill köksfönstret och förde undan ena kafégardinen. Astrid masserade försiktigt ögonlocken. Det var längesedan hon hade haft migrän. Sakta avtog den dunkande smärtan och de prismaliknande stråken i synfältet blev allt glesare. Vilken lättnad. Hur mycket var klockan egentligen? Halvtolv.

Hon sträckte sig efter dagstidningen och blicken fastnade på en inringad bioannons, Röda Kvarn? Hade Henrik planerat att gå på bio? Det var längesedan de gjort något tillsammans för nöjes skull. De hade inte så mycket gemensamt längre, om de ens någonsin haft det.

Vad har vi här då? Lokala konstnärers utställning på S:t Hansplan. Det lät riktigt intressant. Hon behövde få tänka på något annat än det otäcka inbrottet för en stund, så varför inte? Hon gruvade sig för att vara ensam hemma ikväll. Om Henrik inte kom hem, fick hon ta in på hotell.

…

Den kyliga vinden bet obarmhärtigt i hennes kinder. Kanske var det dumt att promenera dit, men den friska luften skulle göra henne gott. Men herregud! Hur tänkte hon nu? Astrid skyndade tillbaka uppför trappan och satte nyckeln i låset. Att lämna dörren olåst, var hon inte klok! Tänk om det blev ett nytt inbrott. Astrid ryckte en sista gång i handtaget innan hon vände på klacken.

*

" Ingria! Allt tyder på normala värden. Det måste vara något virus du har fått."

"Jag är inte förkyld. Det otäcka surrandet i huvudet började för en tid sedan och har nu nått bristningsgränsen för vad jag orkar med. Detta gör mig galen!"

Varför kunde han inte bara tro på det hon sa? Skulle hon verkligen sitta här och hitta på rövarhistorier?

"Har ni utsatts för stress på sistone?"

"Ni menar att vila och aspirin är lösningen på det hela?"

Läkaren kliade sig i pannan och tittade på henne över glasögonen och rynkade de mörka buskiga ögonbrynen.

"Ja … det är nog tyvärr mitt enda förslag för tillfället. Vi avvaktar ett par veckor till. Har det inte gått över till dess, få vi lägga in dig för en vidare utredning."

Ingria tackade för sig och gick ut till kapprummet. Läkarbesöket hade varit bortkastat. Att få ett råd av en så kallad expert, att hon skulle vila och knapra aspirin, vilket hon redan gjort under ett par veckor, var värdelöst.

Porten till läkarmottagningen slog igen. En behagligt kylig vind mötte henne. Ingria hade alltid föredragit den svalare tiden av året. Biltrafiken på Södertorg var livlig och hon kunde för en stund slippa det "vanliga" surret.

Ingria ville så gärna lita på sin läkare, men att råden hon fått skulle hjälpa var inte troligt. Kanske svaret inte fanns hos en vanlig läkare. Hon måste själv hitta lösningen, det fanns ingen annan råd.

Det var med stor lättnad Ingria öppnade grinden in till gården på Östra Tullgränd. Det hade tagit på krafterna att gå hela vägen hem. Hon skulle genast se till att lyda läkarens rekommendation, att vila.

…

Kullerstenar och fötter så långt ögat kunde se.

Astrid? Vilket sammanträffande. Varför är det så mycket människo här? Men hon nådde inte fram till Astrids blick. Ser du inte mig? Fötterna runt omkring rörde sig allt fortare fram och tillbaka. Ett gallskrik nådde hennes öron. Men Astrid, varför skriker du?

Ingria ville sträcka ut sin hand till tröst, men förmådde inte röra armen. Hon försökte hämta luft från lungorna till ett rop på hjälp, me allt förblev tyst. Var befann hon sig? Ett moln, liknande en tornade sänkte sig och drog obarmhärtigt upp henne från marken. Åter satt hon på cykeln. Hennes händer höll krampaktigt om styret medan hon for i allt högre fart baklänges, hoppandes längs gatorna. Åh… jag svimmar. Jag kommer att slå ihjäl mig.

Ingria gnuggade ögonen och såg sig omkring i det skumma rummet. Vilken fruktansvärd dröm. Det här gick inte längre. Något var på gång. Hon satte sig upp på sängkanten. Det var dags att agera. Astrid fick inte råka illa ut, inte om hon kunde förhindra det.

Nu var det bråttom! Från ingenstans kom denna självklarhet.

Hon kände hur blodet rusade i kroppen och försökte ta några lugnande andetag. Skulle hon ringa Astrid? Nej! Det fanns ingen tid för det. Benen styrdes av sig självt ut på gården mot grinden.

Ingria stannade till, hon var inte så snabb. Skulle hon hinna? Hon fick syn på cykeln som stod upp och ned, lutande mot en vägg. Hon hade inte cyklat på flera år, men skulle hon lyckas att trotsa ödet, fick hon nog lägga dessa tankar åt sidan. *Jag lånar den för en stund, vem nu än ägaren må vara.*

För en kort sekund tvekade hon. Hade hon inte varit med om det här förut? Ja, märkligt nog hade hon cyklat, även i drömmen. Men hon skulle ta det lugnare denna gång.

Hästgatans restauranger och butiker for allt snabbare förbi och hon trampade lätt på bromsen. Herregud! Var det inbillning eller fungerade inte bromsen? Hon trampade allt hårdare, men effekten uteblev.

Ingria visste inte vart hon var på väg, men någon gav henne
vägledning. Snart skulle hon vara framme vid sitt mål. Den
branta backen fick farten att öka lavinartat. Allt smälte
samman i en gröt av färger. Hon famlade med fötterna för
att få fatt på tramporna och tryckte dem bakåt, men till
hennes fasa hände inget. Cykeln fortsatte i en hisnande fart
och hon kunde skräckslagen inte göra annat än att åka med.

"Hjälp!" Ingria stirrade paralyserat på folksamlingen vid S:t
Hansplan som kom allt närmre. Hon stängde ögonen och
bad till gud att det bara var en dröm. Det kändes som hon
svävade och allt blev mörkt.

Smärtan var så intensiv att Ingria inte kunde urskilja var det
gjorde ont. Hon försökte röra på sig, men gav upp då hon
inte ens mäktade lyfta ett finger. Människorna runt om såg ut
att prata med henne, men inte ett ljud kom över deras läppar
Allt var så tyst. Synen blev grumlig och stundvis blev allt
svart. Vinden fläktade i håret. Hon fick syn på cykelhjulet
som snurrade runt, runt.

Åh! Herregud, cyklade jag omkull och slog i backen? Varför låg
hon kvar? *Hallå! Kan någon hjälpa mig upp?*

Någon lyfte hennes huvud och lade något mjukt inunder.
Skönt! Det onda i kroppen försvann och hon kände sig
plötsligt så lätt. Ett tårdränkt ansikte dök upp. Ögonen mötte
hennes.

Astrid? Det här kände hon igen. Det var precis det drömmen
hade förvarnat om. Astrids ansikte försvann och byttes ut
mot två andra allvarliga ansikten. De daskade lätt hennes
kind och ruskade uppgivet på sina huvuden. Ingria befann

sig nu ett par meter ovanför och såg hur de lyfte henne till en bår. Stackars Astrid höll fortsatt krampaktigt i hennes hand.

Jag vill att du kommer med mig min vän. Ingria hade inte en aning om hon hade förmågan eller ej att tala över gränserna, men Astrid klev snällt med in i ambulansen.

Det gråa grumliga försvann allt mer från hennes synfält och hon sjönk in i en skön dvala. Så det var så här det skulle sluta? *Jag som hela tiden trodde att det var Astrid som behövde hjälp och så var det mig själv det handlade om. Ja, det är tur att vi inte vet allt, då skulle all vår energi gå åt till att försöka hindra ödet.*

*

Så ont det gjorde att se Ingria liggande blåslagen på båren. Astrid höll fortfarande hennes lealösa hand i sin. Tårarna rann.

Sköterskan tog plats bredvid henne och lade armen tröstande om hennes axlar. ”Vi måste åka till lasarettet nu.”

”Kommer hon att klara sig…”

”Det är för tidigt att säga. Vi får veta mer inne på sjukhuset.”

”Jag kan inte förstå…”

Sköterskan spände en blodtrycksmanschett runt Ingrias överarm och tryckte stetoskopet mot armvecket.

Varför hade Ingria kommit farandes nerför backen på en cykel? En herrcykel. Hon som till och med hade svårt för att gå. Dessa kullerstenar var ju livsfarliga. Astrid kunde inte ens föreställa sig henne på en cykel. Märkligt.

Sköterskan tryckte försiktigt fingrarna mot Ingrias hals.

"Hon är väl inte…?"

Sköterskan mötte hennes oroliga blick och skakade på huvudet. "Hon lever, men pulsen är svag. Det var bra att ni kunde åka med."

Ambulansen svängde in i garaget intill akutmottagningen och stannade. Det skramlade till när båren drogs ur bilen.

Astrid visste inte vad hon borde göra, men beslöt sig för att gå med in.

"Är ni anhörig?"

"Bara en vän."

"Det kan hon nog behöva just nu."

"Vad menar du?"

"Det kan vara skönt med en vän när hon vaknar."

"Vet vi när…?"

Sköterskan log vänligt. "Doktorn får undersöka henne, så kan vi förhoppningsvis ge mer svar."

Astrid försökte lägga sig bekvämt i den lilla tvåsitssoffan av trä med stoppade dynor. Helst hade hon velat sitta inne hos Ingria men de hade inte velat ha henne där när undersökningarna skulle göras. Så hon fick hålla till godo med intensivvårdsavdelningens väntrum.

Hon ansträngde sig för att se i det dunkla ljuset mot väggklockan. Halv åtta. Det sved till i magen när tanken på Henrik och Elsa utanför biografen dök upp. Så det var dags igen. Det var därför annonsen i tidningen hade varit inringad. Henrik hade omedvetet låtit henne veta att han skulle gå på bio och det med grannflickan.

Astrid knöt nävarna och knyckte på nacken. Varför kastade hon bort sitt liv på det svinet? Han skulle aldrig ändra sig.

Den tunna gula sjukhusfilten värmde inte så mycket och benen värkte efter att ha legat ihopkrupna ett par timmar. En kopp kaffe hade varit gott.

En äldre sköterska kom in i rummet.

"Hej! Hur har du det?"

"Hur är det med Ingria Koponen?"

"Vi vet inte riktigt men läget är för tillfället stabilt. Du kan gå in och sitta vid henne nu."

Hon reste sig stelt och följde med. Sköterskan öppnade dörren och Astrid tog tveksamt ett steg in i det dunkla rummet. Rummet var tyst förutom det väsande ljudet från respiratorn och droppställningens regelbundna larm.

Astrid strök försiktigt Ingrias hand och satte sig i fåtöljen.
Hon suckade belåtet. Så mycket bekvämare än soffan hon
legat på nyss!

"Då kan det ta lång tid innan vi vet något?"

Sköterskan nickade. "Du skulle kunna åka hem och komma
tillbaka i morgon."

"Ja… men jag stannar nog någon timme till. Skulle man
kunna få en kopp kaffe?"

"Absolut! En smörgås också?"

…

När Astrid hade druckit upp kaffet och svalt den sista tuggan
av smörgåsen, kom tröttheten igen. Hon slöt ögonen och
borrade ner sig i den sköna fåtöljen. Så lätt det vore att
somna här! En filt lades över henne. Astrid skänkte en
tacksam tanke till den snälla sköterskan och lät sig omfamna
av sömnen.

"Astrid …"

"Hm …"

"Vad gör du här?"

Yrvaket tittade hon upp i ett par mörkbruna ögon. "Tom!?"

"Hej! Sitter du här vid Ingria?"

"Ja, hon är min vän och hon råkade ut för en hemsk olycka
idag."

"Helt otroligt. Ibland tror jag att ödet spelar oss sina spratt", sa Tom och skrattade till.

Astrid rätade på sig i fåtöljen och försökte släta ut sitt rufsiga hår.

"Du har något på kinden", fortsatte han och tog fram en näsduk ut fickan.

"Ja, du får ursäkta. Jag hade inte räknat med att somna. Vad menade du med ödet?"

"Jag har skjutsat hit Inga, en god vän till Ingria och Inga är även svärmor till min dotter Savanna. Gotland är bra litet."

…

Fy så dumt. Hur kunde hon inbilla sig att hon var den enda som brydde sig om Ingria? Godhjärtad som hon var hade hon säkert många vänner.

"Inga pratar med en sköterska."

Hon mötte trött Toms blick och nickade.

"Jag ska gå hem nu. Henrik undrar nog var jag är."

Röster hördes från korridoren. En rundlagd kvinna kom in i rummet. "Usch! Förbaskade blåst, så jag ser ut", muttrade hon och gjorde ett tappert försök att rätta till den gråa knuten.

"Vi åker hem. De tyckte att jag skulle komma hit i morgon istället. Det är fruktansvärt! Ingria ligger i koma och de har ingen aning om när hon kommer att vakna."

Kvinnan stannade upp, såg förvånat på Astrid och Tom, där han stod med handen vilande på Astrids axel.

”Det här är Astrid Ståhl, en bekant till mig och Ingria”, sa Tom och log.

”Inga Dahlgren! Jag är också en bekant till Ingria och svärmor till Toms dotter Savanna,” sa hon och räckte leende fram handen.

”God kväll!” Astrid log och tog hennes utsträckta hand.

”Du kan få åka med oss? Vi har ändå vägarna förbi”, sa Tom och hjälpte Astrid på med kappan.

”Åh, tack! Det skall bli skönt att få lägga sig i en riktig säng istället för den här fåtöljen.”

Inga vände sig mot Ingria och klappade hennes hand. ”Sov gott min vän, vi ses imorgon.”

22.

Mödosamt öppnade Ingria ögonen. Hon såg ut i det dunkla rummet och fastnade på två små smala fönster. Dålig belysning på det här stället. *Men var är jag?* Darrigt satte hon sig upp på sängkanten. Hon reste sig och stapplade fram till ett av fönstren. Till sin förvåning fick hon syn på Astrid, Tom och Inga.

”Jag måste säga att ni ser en aningens oskarpa ut. Kanske är det fönstret som är dåligt putsat?”

Vilken lättnad, Astrid såg ut att må bra. Tom hjälpte Astrid på med kappan och Ingria insåg att de tänkte gå därifrån.

Ingria knackade försiktigt på rutan, rädd för att den skulle gå i krasch. Inte ett ljud hördes. Hon tog i hårdare.

"Nej! Hallå! Vänta på mig!" En skarp smärta i vänstra ögat fick Ingria att vackla till. Ett sista försök, nej ingen hörde henne. Ingria knackade lätt och förundrades över att handlingen mot rutan reflekterades i hennes öga. Det kanske var en tillfällighet, men något märkligt var det.

En hemsk känsla av övergivenhet grep tag i henne. *Jag orkar inte stå här längre.* Hon föll ner på den mjuka sängen. *Imorgon skall jag …* var hennes sista tanke innan sömnen tog henne.

…

En sjuksköterska kom in och satte vant blodtrycksmanschetten runt hennes arm. Hon lade det kalla stetoskopet mot hennes armveck och lyssnade.

Kan syster vara så snäll och tala om att jag har vaknat?

Namnbrickan glimmade till i lampskenet. *Så du heter Elisabeth? Dina händer känns lena och mjuka. Du är säkert en snäll människa.*

Sköterskan rättade till Ingrias huvudkudde och strök henne varsamt över håret. "Jag vet inte hur mycket du uppfattar av din omgivning. Men jag säger god natt och önskar dig en lugn natt. Vi ses i morgon bitti."

Så märkligt. Hörde hon inte att jag pratade med henne?

Henrik tog av korken till whiskyn och slog upp en försvarlig mängd. Nedstämdheten låg som en våt filt över honom. Varför detta svårmod? Kanske berodde det på den misslyckade dagen?

Filmen på Röda kvarn hade varit ett fiasko, inte alls i hans smak. Men den hade varit i Elsas. De hade stött på hennes bekanta och pinsamt nog hade hon kallat honom sin "kille". Det var längesedan någon hade kallat honom det. Hon hade varit fnissig och betett sig allmänt omoget. Sådant hade han svårt för.

Vart hade Astrid tagit vägen? Han kunde inte erinra sig att hon skulle någonstans ikväll.

Henrik stannade framför den stora hallspegeln och drog handen genom håret. Frisörskan hade fått det riktigt bra. Han gjorde en bitter grimas när han kom att tänka på hennes dräpande ord. Hon hade inte ansett det som en bra idé att han skulle färga håret mörkare, för då skulle hans … han ville inte riktigt ta ordet i mun, men hon hade menat på att han började bli tunnhårig uppe på skalpen. Skalpen!

Hur kunde hon ens säga något sådant till en kund. Henrik höll tveksamt upp handspegeln mot ansiktet och såg på bakhuvudet som blottades i den stora spegeln. Fasan sög till magen när han såg den kala fläcken. Snabbt tog han ner handspegeln och slängde den ilsket på hallbordet.

En bil stannade utanför och han blev avbruten i sina dystra tankar.

Tom Rydgren och … Astrid? Hade de umgåtts i kväll också? De gick tillsammans mot huset och Henrik greps av panik.

Skulle Tom följa med in? I deras hus. Henrik ansträngde sig för att höra deras konversation utanför ytterdörren och han andades lättad ut när han förstod att Tom var på väg tillbaka till bilen. Nyckeln sattes i låset och han skyndade mot köket.

Klädhängaren rasslade när Astrid hängde upp kappan. Henrik tog på sig en obekymrad min och strosade ut i hallen.

"Astrid! Vad har du varit? Jag började bli orolig. Du brukar höra av dig om du ska iväg någonstans."

"Inte i kväll. Jag orkar inte … tänkte ta mig en kopp te."

"Jag kan koka te till oss."

"Tänkte ta det på mitt rum. Går nog och lägger mig efter det."

Jaså det passade inte att dricka te med honom längre. Henrik snörpte på munnen och marscherade uppför trappan. Men ångrade sig efter några steg. Fast nu var det bara att fortsätta hela vägen upp. Han drämde igen dörren med en smäll.

Varför hade han gett bort det dyrbara halsbandet till Elsa? Gud vad han ångrade sig. Kunde han be om att få det tillbaka? Knappast. Henrik vågade inte ens tänka på hur hon skulle reagera när han inte ville träffa henne mer. Han hörde Astrid komma gående uppför trappan och funderade på om han skulle gå ut till henne, men hann inte tänka tanken färdig innan hennes dörr stängdes.

…

Så vacker Astrid var, där hon stod mitt i kyrkan. Klädd i vit klänning. Orgelns brus bröt tystnaden och började spela Johann

*Pachelbels Canon i D-dur. Människorna i kyrkbänkarna reste sig
upp och såg förväntansfullt på honom.*

*"Väntar du på att bli min, älskling?" viskade han och sträckte ut
sin hand mot henne.*

*"Är du galen! Du ska hjälpa mig av med den här. Så jag kan bli
fri," sa hon ilsket och slet i brudslöjan.*

*Henrik såg beklagande mot alla väntande anhöriga och upptäckte då
till sin förskräckelse att de var svartklädda och att det stod en kista
med blomsterarrangemang framme vid altaret.*

"Nej, nej och åter nej! Du får inte ta av den!"

Henrik kastade av sig täcket. Var det en dröm? Tack och lov
…

Han måste göra något nu. Någon viskade hest i hans öra att
det redan kunde vara för sent. Hjärtat bultade på högvarv.
Han klev upp och blev stående mitt på golvet. Det borde
inte vara så svårt. Bara att gå de få stegen in till hennes rum
och be om förlåtelse … eller visa henne att det var henne
han vill ha. En blixt skar in genom fönstrets persienn. Det
kändes som ett uppenbart tecken och han gick iväg med
bestämda steg.

Utanför hennes dörr tvekade han. På avstånd hördes ett lågt
muller. Han tryckte försiktigt ned dörrhandtaget. Låst? Hon
brukade väl aldrig låsa. Något var galet, det hade han känt
redan igår kväll. Astrid hade varit så kort i tonen eller … var
det snarare synen av henne och Tom som oroade honom.
Lusten att knacka var stor men självförtroendet sviktade.
Modstulet vände han tillbaka till sängen.

23

Väckarklockan skrällde. *Nej… orkar inte.* Henrik sträckte sig efter den men råkade av misstag slå den till golvet.

Herregud! Idag var det dags för det stora seminariet. Det skulle komma folk från hela Norden. Varför hade han låtit sig övertalas att presentera de senaste rönen inom psykiatrin? Han hade aldrig varit bekväm med att stå i centrum.

Uhh … så trött han var.

Henrik stapplade ut i badrummet, tände lampan och hajade till vid åsynen av sig själv i spegeln.

 Men fy vad han såg ut! Det måste vara sömnbristen som hade gjort honom så hålögd. Han hade behövt Astrids hjälp. Hon kunde det mesta när det gällde skönhetsknep, men hon sov än. Han baddade ansiktet med kallt vatten och tog några djupa andetag vid det öppna fönstret. Det kändes genast bättre.

På stående fot hällde han upp en kopp nybryggt kaffe och smuttade försiktigt.

 ”Åh fy fan!” Förfärat spottade han ut det svaga kaffet. Den här dagen hade inte börjat bra. ”Kunde just tro det, filtret hade vikt sig i tratten.”

Besviken hällde han ut det odrickbara kaffet i slasken och kastade ett öga på klockan. Borsta tänderna och sen iväg.

Förfärat såg han på de mörka ringarna under ögonen. När hade det blivit så här? Henrik öppnade badrumsskåpet och rotade desperat efter något som kunde dölja dem. Han fick tag i en liten burk och öppnade den. Krämen luktade just inget och kändes mjuk och len. Försiktigt klappade han in den mjuka salvan och betraktade belåtet sitt verk.

Hungern gjorde sig påmind när Henrik körde vägen ut mot Tofta. Vilken tur att de skulle bli bjudna på frukost! Att stå och tala med tom mage vore hemskt. Han fick syn på Toftagårdens skylt och svängde av. Henrik hade inte varit där tidigare, men blev glatt överraskad över den trevliga entrén, med tända ljuslyktor och krukor med praktfull ljung.

Benen kändes lite ostadiga när han klev ur bilen, men han tog några lugnande andetag och blundade. Det här skulle gå bra och om ett par timmar skulle allt vara över.

...

"Du är lite sen, är du redo?"

Henrik nickade kort mot sin kollega Anders Klingvall och sträckte sig efter en kaffekopp.

"Ja allt är under kontroll." svarade han och försökte låta lugn.

...

Kaffet gjorde susen. Allt kändes nu mycket bättre och han var redo för sitt uppdrag.

"Låt mig presentera Henrik Ståhl, överläkare på Visby psykiatriska klinik."

Henrik log vänligt mot tidigare talare och tackade, för att sedan vända blicken ut mot åhörarna i salen. De var många fler än vad han hade räknat med. Han öppnade portföljen och plockade ur sina overheadark, medan hjälpredan startade apparaten.

"Det vi har låtit ta fram är en bred analys vad gäller medicinering och möjlighet att kunna bo hemma med någon annan form av tillsyn."

Någon pratade lågmält och ett hysteriskt fniss bröt ut bland åhörarna. Det skramlade till vid ingången och en man med kamera och stativ kom in.

Henrik vände sig åter mot salongen och tog till orda. "Det vi ska göra är en studie av hur mycket samhället skulle kunna tjäna på att omstrukturera vården."

En blixt gick av och han blev för en kort sekund blind. Ett tissel och tassel bröt ut bland åhörarna.

Han mötte deras stirrande blickar och vände sig om i all hast. Hade han någon smutsfläck på sig eller var det något annat han hade missat? Han såg ner på skjortan och den gula slipsen. Nej allt verkade vara i sin ordning.

Den kvinnliga medhjälparen tog tag i hans arm. "Hur mår du? Vill du ta en paus?"

"Paus? Ja det kanske skulle vara bra." Henrik kände tydligt att något var på tok och det var lika bra att ta reda på vad.

"Vi tar en kort bensträckare. Det finns kaffe och te till er som vill ha", sa kvinnan med en orolig blick på Henrik.

Henrik skyndade ut i entrén och försvann in på toaletten.

"Men vad …?" All färg försvann från ansiktet när han såg
sin spegelbild. Det som tidigare varit mörka ringar av trötthe
hade nu förvandlats till orangebruna, pandaliknande cirklar.
Han höll ett krampaktigt tag om handfatet för att inte förlora
fotfästet. Var han sjuk? Henrik kom att tänka på krämen han
hade tagit ur Astrid burk.

Han vred på kranen och blötte ansiktet. Det måste väl gå att
få bort? Vad skulle han ta sig till? De bruna pandaliknande
ringarna satt envist kvar. Aldrig i livet att han gick tillbaka dit
in. Det blev tyst vid entrén och han förstod att de andra hade
återvänt in i salen.

En försiktig knackning hördes på toalettdörren. "Är du klar
Henrik?"

"Nej … Jag har blivit sjuk och måste åka hem. Någon
annan får ta vid."

"Ja … om du säger det så. Behöver du någon hjälp?"

"Tack jag klarar mig. Du får be om ursäkt å mina vägnar."

Medhjälparen, vilken han inte ens hade registrerat namnet
på, skyndade iväg och han blev ensam.

Han mötte sin förskrämda blick i spegeln och låste tveksamt
upp dörren. Henrik kikade ut. Entrén var tom. Snabbt ilade
han till parkeringen och hoppade in i bilen.

Vilket nederlag. Behöva smita likt en ynkrygg, men vad skulle
han annars ta sig till? Åh nej! Visst hade tidningen tagit en
bild på honom. Fy … han borde inte ha stigit upp idag.

Äntligen framme i Visby. Vägen hade känts evighetslång och inte hade den blivit kortare av att han var och varannan sekund tittat på sig själv i backspegeln. Henrik stannade med en tvärnit på infarten och klev ur. Han fick syn på Astrid, som var på väg ut.

"Henrik! Vad gör du hemma … Men herregud! Hur ser du ut?"

"Jag var trött i morse. Jag ville se pigg ut, så jag lånade lite kräm ur någon av dina förbaskade burkar i badrumsskåpet."

Astrid brast ut i ett gapskratt. "Du har förmodligen tagit brun utan sol-kräm. En provburk från Frankrike. Skönt, nu behöver jag inte prova den, den ser ju verkligen anskrämlig ut."

"Hur blir jag av med det här?" väste Henrik.

"Rengöringskräm … och det står tydligt på etiketten. Har du märkt att jag har tagit bort den svaga belysningen i badrummet? Det är viktigt med bra belysning nu när vi börjar bli äldre och ser sämre."

Stod hon här och förolämpade honom? Antydde att han började bli gammal. Henrik kastade en ilsken blick på henne, där hon stod och log som en sol. Utan ett ord vände han henne ryggen.

"Jag kommer inte hem till lunch. Skall besöka en väninna på lasarettet som har blivit svårt skadad. Hon skulle nog vara glad om hon hade ditt problem."

Henrik blängde efter henne. Ingen förståelse eller sympati, det var verkligen inte likt henne. Vad hade hänt?

24

Ingria blinkade för att återfå skärpan, men kom på att glasögonen låg i badrummet. Men vänta nu … badrummet? Var befann hon sig? Det här var definitivt inte hennes lägenhet. Märkligt nog blev synskärpan snabbt bättre.

Hon satte sig försiktigt upp på sängkanten, rädd för att den vanliga höftsmärtan skulle ge sig till känna, men smärtan uteblev och hon reste sig med lätthet för att gå bort till fönstret. *Vad har vi här då?* Hon böjde sig fram och försökte urskilja ett par oskarpa siluetter.

Det ruskade till i rullgardinen.

Ingria knackade på rutan och lyfte handen till en vinkning. Rullgardinen for ner med en smäll.

 ”Aj! Men vad är det här?” Ingria strök försiktigt över handen där gardinen hade slagit i med full kraft.

 Hon ryckte försiktigt i gardintyget. ”Ok! Trilskas då.” Ingria gick snabbt över till det andra fönstret. Siluetterna utanför rörde sig sakta mot henne. ”Hallå!” Hör ni mig?” Hon sträckte fram handen mot rutan.

 Knattret från en skrivmaskin ekade i rummet. Förvånat vände hon sig om och fick syn på en dörr. *Vilken tur! Jag kan ta mig ut.* Ett vackert ljussken strålade ut från den. Hon skyndade sig fram.

Ingria såg förvånat på den stora bruna dörren och ruskade på huvudet. Varför alla dessa hänglås? Vad var det som…? Hon såg sig omkring. Nej det fanns inget här som hade kunnat ge ett ljussken ifrån sig. Där var det igen! Den övre rutan på spegeldörren glittrade till av guldprickar som flyttade sig fram och tillbaka för att sedan försvinna och komma tillbaka igen. *Vad är det som händer?*

Host host! Jag reb om rusäkt, men jag är lite dingrostig.

Bokstäver av lysande guld skrevs på den släta bruna rutan för att sekunderna efter suddas ut.

"Vem är du och vad gör jag här?"

Det måste vi klura ut, du och jag tillsammans.

Hon drog förtvivlat i de olika hänglåsen. Varför kunde hon inte bara få komma ut?

Det är ingen idé att bråka. Du kommer att ställas inför olika uppgifter som du måste lösa. Vi gör ett försök.

Ingria ryckte på axlarna. "Bara du släpper ut mig så. Jag har inte tid att vara här."

Guldprickarna på tavlan drogs samman till bokstäver och Ingria väntade spänt på vad som skulle hända.

Vilket datum har Finlands nationaldag?

Finlands nationaldag? "Sjätte december!"

Rätt, rätt, rätt…

"Ja! Skynda dig att öppna dörren."

Tyvärr… Det här var bara ett test. Tålamod är visst inte din starka sida, kanske något att träna på? Det var allt för denna gång.

"Klart … nej, vänta." Ingria ryckte irriterat i handtaget men inget hände.

Den bruna dörrens konturer suddades ut till att bli helt slät. Hon vände sig om och fick syn på sängen och den såg väldigt inbjudande ut. Vad skulle hon annars göra, rummet var tomt.

*

Astrid svalde och klev in på intensivavdelningen. Hon skämdes en aning när hon förstod att en av personalen hade uppmärksammat hennes beska min. Men hon kunde inte hjälpa det. Den fräna lukten av desinfektionsmedel och sprit fick henne att må illa.

"Så bra att du kunde komma!" sa sköterskan och log vänligt.

"Självklart! Det är så hemskt det hon råkat ut för. Måtte hon bara bli bra snart."

"Läkaren har precis konstaterat att Ingrias hjärnaktivitet är hög. Hon kan komma att vakna när som helst. Det kan vara skönt för henne att ha en vän vid sig."

"Åh! Det var underbara nyheter. Kan jag gå in till henne?"

"Jag ska se om biträdena är klara med hennes skötsel. Du kan vänta här så länge", sa sköterskan och pekade på en stol korridoren.

Fy vilken tråkig miljö. Det skulle behövas lite färg istället för allt det vita.

"Du kan komma in!" ropade sköterskan nerifrån korridoren och vinkade.

Astrid skyndade förbi alla stängda dörrar och försökte tränga undan den kväljande lukten.

"Hur mår du? Vill du ha något att dricka?" undrade sköterskan bekymrat. "Du ser blek ut."

"Ja tack! Lite kaffe hade varit gott."

Hon ilade iväg och Astrid blev ensam kvar. Hon tittade på stolen bredvid sängen, men beslöt sig för att vänta tills sköterskan kom tillbaka. Astrid såg försiktigt på Ingria, rädd för vad hon skulle få se. Stora blåmärken täckte det annars så bleka ansiktet. Det gjorde ont i henne. Stackars Ingria.

"Var så god och slå dig ner."

Sköterskan ställde ner koppen med kaffe på det lilla bordet intill Ingrias säng.

"Prata gärna med henne. Det gör förmodligen bara gott", sa sköterskan.

Ljudet från hjärtmonitorn gjorde Astrid illa till mods. Tänk om den helt plötsligt skulle tystna? Vad skulle hon göra då? Äsch! Nu fick hon ta och lugna ner sig. Ingria skulle inte bli hjälpt av henne om hon föll ihop som ett nervöst vrak.

Svullnaden i pannan hade blivit större och mörkare sen sist och det svarta håret som annars brukade vara uppsatt i en mjuk frisyr, prydd med ett grant diadem eller hårband, låg nu utslaget på kudden. Astrid fick svårt att se när tårarna pressade sig fram och utan att tänka tog hon Ingrias hand. Den var varm och Astrid kände hoppet vakna.

"Jag hoppas att du finns där någonstans och att du kan höra mig. Jag …"

Astrid sökte efter de rätta orden, men de uteblev.

"Varför kom du farande på en herrcykel nerför backen?"

Astrid strök försiktigt över de markant synliga ådrorna längs Ingrias hand.

"Vilken fruktansvärd eftermiddag. Inte nog med att du nästan slog ihjäl dig. Jag såg min man komma gående ut från biografen, arm i arm med en kvinna. Ingria … han har varit otrogen igen. Om du visste för vilken gång i ordningen. Hon är ung, bara barnet." Astrid torkade bort tårarna.

En solstråle letade sig in genom fönstret. Smutsränderna som tidigare varit osynliga skymde nu delvis utsikten över sjön.

"Han har gått över gränsen. Jag vill inte längre …"

Det knackade tyst på dörren.

"Förlåt att jag stör. Jag måste be dig gå. Det är dags för medicinering."

Astrid såg förvånat på klockan. "Oj! Har jag suttit här över en timme redan?"

Sköterskan nickade vänligt och höll upp dörren. Astrid reste sig och log mot Ingria.

"Hej då vännen! Jag kommer snart tillbaka."

Lättad började Astrid gå hemåt. Det hade hjälpt att prata med Ingria. Hon visste nu vad hon måste göra, det skulle inte bli lätt men det fanns bara en väg ut ur det här.

25.

Den lustfyllda känslan när Henrik nyvaken sträckte på sig, försvann i all hast när han mindes gårdagens fadäs. Tanken på att han hade smitit från mötet gav honom ångest. Var han inte lite sjuk idag? Att behöva åka till jobbet och tvingas möta alla undrande blickar och frågor kändes oöverstigligt.

Men lika fort som ångesten drabbat honom slog den om till ilska. Helt vansinnigt av Astrid att förvara sådana där preparat utan etikett i badrumsskåpet. Allt var hennes fel.

Han reste sig från sängen och stapplade ut i hallen. Ett hysteriskt skratt bröt ut från nedervåningen.

"Det är ju bra att någon av oss mår bra och har roligt!" ropade han. Skrattet tystnade tvärt.

"Ja, man får ta tillvara på det som bjuds!" svarade Astrid.

Oron låg som en sten i magen när han sakta gick ner till köket.

Det syntes på henne att hon längtade efter att få visa honom vad som var så roligt.

"Här har du dagens skämt", sa hon och visade honom mittuppslaget i dagens tidning. Någon kunde likväl ha hällt ett spann med iskallt vatten över honom.

"Vad i …?!" Hur kunde de sätta ut en sådan fruktansvärd bild? Hur skulle han kunna visa sig ute på stan efter detta?

Henrik slog igen tidningen för att sekunden efter försiktigt öppna den. Hade han verkligen sett rätt?

"Fåfängans pris …" sa Astrid och log ironiskt.

Henrik såg med fasa på mannen på bilden. Han såg ut att ha gått några ronder med Muhammad Ali och fått ordentligt med spö. Herregud så ynklig han såg ut. Var det verkligen han? "Vad då fåfängans pris? Jag tycker du borde tänka på var du ställer dina sminkburkar. Allra helst om de saknar etikett."

"Vilken tur att det har bleknat nu då."

Astrid reste sig från bordet och ställde sin tomma kaffekopp på diskbänken. Hon svepte med disktrasan över bordet och mötte hans blick med ett leende.

"Jag kommer inte att vara hemma när du kommer från jobbet ikväll."

Han nickade kort till svar. "Ska du till din väninna på lasarettet?"

”Bara en stund på dagen. Men ikväll blir det finbesök från Italien.”

Konstvännerna igen. Borde han bli orolig? Hade hon inte umgåtts och nämnt dem väl mycket på sistone?

Astrid fuktade sitt pekfinger med saliv och strök försiktigt under hans ena öga. En doft av persika nådde honom när hennes morgonrock gled isär. Ofrivilligt reagerade han för hennes blottade hud. Hennes blick fylldes med triumf när hon märkte hans reaktion.

”Du …” Rösten blev grötig och orden fastnade i halsen.

”Jag har inte tid att stå här längre, måste göra mig i ordning.” sa hon avmätt och vände sig bort.

”Ska Tom Rydgran också dit?”

”Förmodligen.”

Obehaget letade sig genom kroppen. Det var inte likt henne att vara så nonchalant. Efter en blick på klockan, insåg han att det inte fanns tid för grubblerier. Dags att jobba oavsett om han ville eller inte.

…

Henrik stängde omsorgsfullt dörren in till sitt kontor. Av blickarna att döma förstod han att de hade läst dagens tidning. Han kastade en blick i spegeln och kunde konstatera att hettan han känt syntes mycket tydlig.

Det knackade försynt på dörren.

”Jag är upptagen!”

Irriterat såg han handtaget tryckas ner trots hans klara besked.

”Det är bara jag”, viskade Elsa och klev in utan vidare inbjudan.

”Jag är …”

”Du ska inte bry dig om den där tidningsartikeln. Vet du … mina kompisar, de som vi mötte på Röda Kvarn.”

”Elsa! Jag har verkligen inte tid att prata om dina kompisar just nu.”

”De tyckte att du var riktigt snygg för din ålder. Det enda de påpekade om var dina skor. De var lite ”gubbiga”, fortsatte hon och fnissade.

Henrik satte sig vid skrivbordet och ryckte till sig ett skrivblock. ”Nu måste du gå!”

”Nej, men vi hinner väl med en kyss eller två?” sa hon och satte sig i hans knä.

Hur hade han ens kunnat fantisera om denna barnunge? Han reste sig med ett ryck så hon förlorade balansen och satte sig med en duns på golvet.

”Men Henrik … så du gör. Jag förstår om du är irriterad över gårdagen, men det är väl inte mitt fel?”

”Förlåt! Det var inte meningen att bli så burdus, men jag måste jobba nu.”

Hon reste sig mödosamt från golvet, slätade till kjolen och såg på honom med besviken blick.

”Du borde nog berätta för Astrid om oss snart. Rykten går fort och jag vill inte ses som någon dum bimbo.”

Henrik brydde sig inte om att säga något. Herregud! Vad skulle han svara på det? Han ville inte ha en fortsättning med henne. Lämna Astrid för Elsa? Aldrig i livet!

26.

Leif såg missnöjt på kanelbullen som hade levererats på en assiett av Henrik. Det här var inget wienerbröd och definitivt inte ett bakverk från Siesta. Han visste hur deras såg ut och doftade. Dessutom fanns det bevis. I soptunnan under diskbänken. Han hade sett Icapåsen. Trodde Henrik verkligen att han skulle godta det här? Nej detta skulle han minsann få sona.

”Vad har du fått bullen ifrån?” sa Elsa uppfodrande.

Var kom hon ifrån? Var personalen helt befriad från hyfs? De borde väl knacka? Jäkla flicksnärta!

”Den är min!”

”Då vill jag att du talar om vart du har fått den ifrån”, sa Elsa och sträckte sig efter fatet.

”Det är jättehemligt.”

”Jaha! Men du får allt vänta med den. Vi ska snart äta mat.” Med en snabb rörelse hade hon fatet i sin hand.

175

”Ge hit min bulle!”

”Har ingen saknat en bulle vid kvällskaffet ska du få den.”

Så elakt! Ren stöld. Bullen var visserligen från Ica men den
var hans. Leif fick lägga band på sig för att inte rusa efter.
Nej det här skulle hon få ångra bittert.

”Du vet att du måste straffa henne ordentligt, eller hur?” hördes
hans fars röst eka i huvudet. Konstigt nog teg hans mor.
Hon som alltid brukade försöka hejda honom. Kanske tyckte
mor också att flickungen skulle få sig en läxa.

*

Ingria hörde bara Astrids röst svagt. Hade hon fått dålig
hörsel? *Nej inte ska du väl gå redan?* Stolen knakade till och
hon förstod att hennes protest var ohörd. En lätt smekning
längs handryggen. Ensam igen.

Ingria satte sig på sängkanten och spretade med tårna. Det
var skönt att få sträcka ut sig och rita cirklar i luften med
fötterna. Hon tittade mot de rullgardinstäckta fönstren och
hajade till när den ena av dem sakta men säkert rullades upp.
Med ett skutt hoppade hon ner från sängen och närmade sig
fönstret. Nej, nej … åk inte ner igen.

Ett svagt knattrande ljud fick henne att vända sig om. Var
det dags nu? Hon tittade på de förgyllda prickarna som flöt
ihop och bildade bokstäver på dörren.

176

”Vill du att jag ska tala om för dig vilken färg, bergkristall har? Men … den har ingen färg?” Ingria upprepade sitt svar, men frågan stod envist kvar. ”Förstår du inte? Är du trög? Kristallen har ingen färg, den är färglös!”

Bokstäverna löstes upp och bildade ett nytt ord. *Rätt svar.*

”Ja! Jag svarade rätt.” De förgyllda bronsprickarna slöts samman och bildade en nyckel. *Lås upp hänglåset!* uppmanade texten henne. Med darrande fingrar sträckte hon sig efter nyckeln, vilken hon försiktigt satte i ett av hänglåsen.

Klick!

”Kommer jag ut nu?” Silverfärgade prickar rörde sig fram och tillbaka på dörren. ”Jag har inte tid med det här tramset.”

Du har inget val. Ditt namn är Ingria Koponen.

”Ja?”

Din far bestämde namnet Ingria. Din mor gav dig ditt andranamn, vilket är …?

”Vilken fråga?” Det var aldrig någon som hade kallat henne något annat än Ingria. Tulta? Brukade inte mor kalla henne det? ”Tulta?”

Fel! Du måste finna svaret i din födelseattest eller i någon gammal bok.

”Bok? Här finns väl inga böcker eller papper?”

Det vita sterila rummet förvandlades, likt en tecknare fyllde sitt ark med streck och färg. Snart bestod alla väggar av

hyllor fyllda med böcker. Vilket magiskt sken … måste vara
från kristallkronan.

”Hur ska jag kunna hitta något här?” Förfärad stirrade hon
upp på de hissnande höga bokhyllorna som tronade runt
henne. Som på beställning växte en lång stege upp mitt
framför hennes ögon.

”Är det meningen att jag ska hitta något i allt detta?”

Ljudet av skrivmaskinen nådde hennes medvetande och hon
skyndade bort till dörren. De silverfärgade bokstäverna lyste
klart.

Använd gåvan du fått.

”Hur då?” Ingria såg ångestfylld på den långa stegen. ”Hur
ska jag …? Finns det ingen annan möjlighet att få reda på
svaret?”

Bokstäverna förblev likt tidigare.

”Jag måste vila först.” Ingria satte sig på sängkanten och
stirrade förhäxat på de små vita flickskorna hon precis
sparkat av sig. Var det inte dem hon fick av sin far när hon
fyllde sju år?

Hon såg i ögonvrån hur den ena rullgardinen sakta åkte upp.
Den här gången tänkte hon inte låta sig luras. Nattlinnets fåll
svepte runt fötterna där hon sakta gick över golvet.

En vindpust fick fönstret att vibrera och rummet fylldes med
lukt av färskt gräs. Vilken vacker park. Träden vajade lätt i
vinden medan molnen sakta svävade fram. En väl

upptrampad stig ringlade genom parken och avslutades vid en parkbänk.

Någon satt visst där. Ingria kände ett hugg i hjärtat när hon förstod vem det var. Astrid. Plötsligt mörknade ett av molnen. Det rörde sig hotfullt fram och tillbaka för att till sist sänka sig ner över bänken. "Vad händer? Ta bort det hemska molnet! Jag måste ut!"

Hon insåg vad hon måste göra. "Men var är …?" Kvar fanns endast hennes säng och fönstret var åter förslutet. Skorna … vart hade de tagit vägen? Yrseln tog över. Hon behövde vila.

*

Leif blängde på Henrik och tittade menade på assietten med kanelbullen. Henrik insåg att han hade gjort ett misstag när han köpt bullen på Ica. Inte anade han att Leif skulle vara så nogräknad.

"Lurendrejeri", grymtade Leif och puttade den från fatet så pärlsocker spred sig över bordet.

Sirpa hämtade en disktrasa och föste ihop sockret.

"Trodde du inte att jag skulle märka något? Det är hennes fel att den är torr och tråkig", fortsatte Leif och pekade på Elsa.

"Om du ska förstöra stämningen, kan du lika bra gå in till ditt", utbrast Sirpa argt och tog assietten från bordet. Leif slet åt sig fatet och placerade bullen på det igen.

"Försök inte ta min bulle." Han tittade kallt på Henrik. "Ett löfte är ett löfte. Jag skulle minsann kunna berätta ett och annat jag."

"Om du lovar att lugna ner dig skall jag bjuda dig på två wienerbröd i morgon", sa Henrik nervöst.

De andra vid bordet såg ut som frågetecken. "Visst kan jag bjuda honom på wienerbröd. Bara det blir lugnt så."

Leif log illmarigt. "Kom ihåg … det ska vara två och från Siesta."

Herregud så han ställt till det. Varför hade han blandat in Leif?

Elsa kom körande med Anna och parkerade rullstolen på kortsidan.

"Jag vill sitta bredvid doktorn!" protesterade hon och gav honom ett inbjudande leende.

"Nej Anna! Din rullstol får inte plats där", svarade Elsa bestämt och satte sig bredvid honom. Hon strök honom sakta längs benet. Henrik märkte att Anna såg hela förloppet. Hon tittade på Elsa med svarta ögon. Han svor för sig själv. Det som först hade varit ett charmigt tilltag från Annas sida, hade förvandlats till ett irritationsmoment och obehag. Människan betedde sig som om hon var förälskad.

Elsas närgångna blick brände och han blev allt mer illa till mods. Hur hade han ens kunnat bli attraherad av henne? Hon var ju bara en liten flamsig flicksnärta jämfört med hans fru.

Den tryckta stämningen låg tjockt över avdelningen och man hade kunnat höra en knappnål falla till golvet.

Sirpa började duka av. Hon sträckte sig efter assietten med Leifs halvätna bulle. ”Den skall jag ha till senare. För på det här hemska stället får man inget gott till natten”, sa han surt och tog ett stadigt tag i fatet.

”Jaja!” sa Sirpa lugnt. ”Jag kan stoppa den i påse och lägga den i skafferiet, så kan du få den till natten. Blir det bra?” Leif nickade buttert.

Sirpa vände sig till Elsa. ”Kan du klara den sista timmen själv?”

”Inga problem.”

Lättad reste Henrik sig från bordet och gick in på sitt kontor. Hädanefter skulle han inte dricka kaffe ute på avdelningen lika ofta. Det som hade varit en trevlig gest från hans sida, att två gånger i veckan delta på kaffestunden med patienterna, kändes nu bara som en plåga.

Henrik satte sig med en duns, stödde armbågarna mot skrivbordet och lutade huvudet i händerna. Tröttheten gav sig tillkänna. Det hade inte varit så mycket sömn på sistone. Bekymren hade hopat sig och han visste inte i vilken ände han skulle börja.

27

Det var tidig kväll. Henrik slog ihop mappen med journalanteckningar och kastade ett öga genom fönstret. Hade det börjat snöa? Märkligt hur fort vädret kunde svänga.

Han huttrade till och tittade på klockan. Redan sju! Han som hade mer arbete att göra, men han tänkte inte arbeta längre än till nio. Någon måtta fick det vara.

En svag knackning på dörren.

"Ja …?"

"Jag tänkte se om du var kvar. Du har varit här inne så länge nu?" sa Elsa med smeksam röst hängande mot dörrkarmen.

"Jaha? Jag har vissa uppgifter som kräver avskildhet." Elsa släppte taget om karmen och tog ett kliv in på kontoret. "Du får ursäkta men jag måste avsluta det …" började Henrik avfärdande.

Hennes milda leende förvandlades till ett streck. "Jag tycker att du beter dig märkligt."

"Elsa! Vi är på vår arbetsplats. Hur kan du ens inbilla dig att jag tänker förstöra min karriär på grund av dig?"

Hon sköt igen dörren och gick med bestämda steg fram till skrivbordet.

Gud vad han ångrade bittert sina tidigare sagda ord. Vad hade han sett hos henne?

”Förstöra din karriär?!” fräste Elsa. ”Du har lovat att det skulle bli du och jag och hur ska jag tolka halsbandet du gav till mig? Man ger väl inte en dyrbar gåva utan skäl?”

Henrik reste sig från stolen och rundade skrivbordet.

”Nu tycker jag att syster Elsa ska lugna sig och gå tillbaka till sitt arbete där hon hör hemma.”

Om blickar kunde döda, hade han legat på golvet som en krossad fluga

Dörren for igen med en smäll. Hjärtat slog som hammarslag och han fick kämpa för att andas normalt. Inte hade han räknat med att hon skulle vara så påstridig och envis. Han kanske borde akta sig för gotländska flickor? De verkade ha ovanligt mycket skinn på näsan.

Henrik slet upp den nedersta skrivbordslådan. Vilken tur, det fanns ännu några körsbärspraliner kvar. Det tunna chokladskalet knäcktes mot hans gom och den syrliga likören fyllde hans munhåla.

Borde han köpa hem en flaska likör och överraska Astrid? Äsch! Inte brydde hon sig om sådana detaljer längre. Tanken på halsbandet fick honom att stöna högt. Hur fasiken hade han kunnat vara så dum?

Henrik sträckte sig efter telefonluren och slog numret hem. Den ena ihåliga tonen efter den andra ekade. Var det idag hon skulle bort? Han blev obehagligt påmind om mannen som hade dykt upp i deras liv. Var det inbillning eller var det faktiskt så att det fanns ett intresse dem emellan? Vad hade Tom med hans fru att göra? Så gör man väl inte …?

Det knackade på dörren.

”Ja?”

”Jag funderar på att prata med din fru ikväll efter jobbet.”

Det skar till strax över ögat och allt blev för en sekund helt svart.

”Gå ut härifrån!”

”Jag …”

Henrik reste sig från bordet och knuffade henne omilt framför sig genom öppningen och stängde den med en smäll. Nu fick det helt enkelt vara nog.

*

Elsa ryste vid tanken på Henriks kalla blick. Varför gjorde han så här? Han hade faktiskt lovat henne både det ena och andra. Man kunde väl inte svika ett löfte hur som helst? Tårarna brände bakom ögonlocken. Med en kraftansträngning försökte hon samla sig mot sitt inre kaos. Hon snöt sig och baddade ansiktet med kallt vatten. Det var dags att fortsätta arbeta. Gråta fick hon göra senare.

”Godkväll Anna! Är du redo för att borsta tänderna?”

Anna såg ursinnigt på henne och körde själv fram till handfatet.

”Är det något på tok?”

Anna muttrade något ohörbart och lade en tjock sträng
tandkräm på borsten.

Elsa lade nattlinnet på sängen och tände lampan. Hon
ryggade till inför fotografiet på Annas föräldrar. Följde de
henne med blicken? Usch! Så stränga de såg ut. De påminde
lite om föräldrarna i familjen Adams. Anna vred på
vattenkranen för fullt och spolade ren tandborsten.

"Är du klar?"

Elsa tog tag i rullstolens handtag och höll på att tappa
balansen när Anna helt plötsligt ryckte tag i däcken och
backade med full kraft.

"Men Anna? Ta det varligt."

Anna flyttade över till sängen, slet av sig blusen och slängde
den nonchalant på golvet.

"Är du arg på mig?"

Annas föraktfulla blick fick henne att backa.

"Du beter dig som en hora. Slyna!"

"Vad är det du säger …?"

"Jag sa åt dig att låta bli honom. Han är min. Vad är det du
inte förstår?"

Elsa drog på munnen trots den bisarra situationen.

"Menar du Henrik Ståhl?"

Hon såg beklagande på Anna. "Jag är ledsen men … är du
inte lite för gammal för honom?"

”För gammal? Det har väl ingen betydelse. Han är faktiskt bara några år yngre än jag och … Se på mig!” sa Anna argt och pekade på sin nakna kropp. ”Se så slät och fin jag är. Inte en endaste extra ring runt midjan och helt fri från dubbelhakor. Hur många ser ut som jag i min ålder?”

”Säkert inte många … men tyvärr har nog doktor Ståhl helt andra planer. Jag ska hämta din medicin, kommer alldeles strax.”

Elsa passerade Henriks kontor. Var han ännu kvar? Utan förvarning for dörren upp.

”Aj! Min fot …”

”Elsa, jag ber om ursäkt … visste inte.”

”Det är ingen fara. Kan vi stryka ett streck över det som hände idag? Du Henrik … jag …”

”Elsa det går inte. Jag tänker inte lämna Astrid. Glöm det.”

Marken rämnade under henne. Hon grep tag om Henriks arm. Hon blev helt plötsligt så yr. ”Hur kan du göra så här mot mig? Betydde inte vår kväll ute i stugan ett smack för dig?”

”Elsa, du måste förstå. Det är omöjligt för mig…”

Elsas röst steg upp i falsett. ”Omöjligt?! Jag kan prata med henne!”

”Det ska du inte alls. Nu får det vara nog. Jag tycker att du ska gå härifrån … nu.”

Henrik slet sig loss och försvann in på sitt kontor. Dörren for igen med en smäll.

"Henrik … öppna", vädjade hon.

*

Leif såg sig villrådigt omkring. Bullen fanns inte i skafferiet. Hade någon annan ätit upp den? Irritationen ökade för varje sekund.

Han lyfte locket på sophinken. Vem i helsike …? Den enda han kom att tänka på var Elsa. Hon var precis som sin far. Elak och korkad. Turligt nog var spannet tomt förutom bullen så han plockade upp den. Med en lätt handrörelse borstade han av den och skyndade tillbaka till sitt rum.

Han satte handen på dörrhandtaget men upprörda röster fick honom att hejda sig.

Leif backade några steg och fick syn på doktor Henrik och Elsa nere i korridoren. Förvånat såg han hur Elsa höll doktorn i armen och än mer förvånad blev han när Henrik helt plötsligt knuffade henne.

En dörr slog igen och snabba steg närmade sig dagrummet. Bäst att ila tillbaka.

Hade de något fuffens tillsammans? Vad kunde det vara? Kanske något med förrådet. Kakor? Han tittade besviket på kanelbullen. Inte ett pärlsocker kvar, inte ett endaste ett.

Leif lade sig tillrätta under filten och stoppade en bit bulle i munnen. Det var inget fel på smaken. Lite torr kanske. Absolut inte lika god som Siestas. Den sista tuggan förvandlade munnen till en öken. Inte ens en droppe saliv fanns kvar. Han måste dricka. Borde hon inte ha varit här för kvälltillsyn nu? Leif lyssnade efter steg i korridoren. Allt var tyst.

Herregud … så törstig han var. Han måste smita ut, trots risken för upptäckt.

Tyst tassade Leif ut i dagrummet. Men vad är det som ligger där? En pralin i rött omslag. Han plockade upp den från golvet och granskade den. Hur hade den hamnat där? Leif pillade av den röda folien och luktade. Om det var samma som doktorn hade i sin låda, var den inte god. Han kanske skulle prova i alla fall?

”Urk …” Den sträva smaken av körsbärslikör sved i halsen och han blev tvungen att spotta. Besviken såg Leif på den krossade pralinen på golvet och skakade på huvudet.

*

Elsa satt som bedövad. Alla tankar och hopp om framtiden hade ryckts från henne. Det kändes som en avgrund hade öppnat sig och ville dra henne med sig. Hur skulle hon överleva det här?

Hon tittade stumt på den stängda dörren. Tårarna gick inte att hålla borta längre. Det gjorde för ont.

Hon ville gå hem … nej hon visste inte vad hon ville. Förmodligen skulle det göra lika ont var hon än befann sig. Vad skulle hon göra? Hon mindes inte. Strunt samma. Att stanna kvar här på sjukhuset var otänkbart. Hela hennes liv hade gått i kras.

Elsa gick planlöst fram och tillbaka. Hon gick in i sköljen och satte igång spoldesinfektorn för att dölja ljudet av gråten. Elsa såg konturen av sig själv i det rostfria stålet och ryckte på axlarna åt sin ynkliga gestalt.

Dörren öppnades. Något glimmade till, likt en blixt. Henrik? En svag doft av körsbärslikör nådde hennes näsa.

Hon väntade … En brännande smärta i vänstra skuldran fick henne att tappa andan. Hon vände sig mödosamt om.

Ingen där? Hennes vettskrämda ögon i spegeln och den vita blusen som sakta färgades röd. Men herregud …

"Hjälp …" Hon famlade efter något att tag i och satte sig ner på golvet. "Hallå … jag …" Hjärtat bultade hårt. *Jag kommer att förblöda … hjälp mig någon!* En gestalt blev synlig i dörröppningen. "Vem där …?"

28.

Astrid tog in Toms eleganta inredning med förtjusning. Vilken underbar lägenhet! Hon drog med fingret genom vägglampornas prismor som bildade ett vackert färgspel i badrummets kakel. Astrid granskade sig i den stora spegeln.

Läppstiftet var nästan helt borta så hon plockade fram det korallröda stiftet.

Aj … dessa obekväma skor. Hon krängde av sig de högklackade sandaletterna och satte fötterna i den mjuka blåmönstrade mattan. Åh … vilken befrielse. Något doftade gott. Hon luktade på flaskan som stod på handfatet. Rakvatten.

Hon rättade till håret och med en grimas tvingade hon tillbaka fötterna i skorna och gick ut. Handen gled längs ledstången medan hon sakta gick nerför trappan. Hon hörde röster i salongen och styrde stegen dit.

"Där är du ju", sa Tom. Hon mötte hans varma blick och hjärtat tog ett skutt.

"Det har verkligen varit en fantastisk kväll. Så roligt att affären med italienarna gick i lås."

"Du behöver väl inte åka hem än?" sa Tom bedjande.

"Jag hade nog …"

"Jag kan väl få bjuda dig på en drink först? Vi kan gå ut på balkongen. Du måste se utsikten över stan. Den är helt underbar."

Det var sent, men hon kunde inte motstå hans vädjan.

"Nåja … låt gå för en drink på balkongen", sa hon med et leende.

Ett bullrande skratt bröt ut och snabba steg närmade sig frå rummet intill. "Kunde just tänka mig att hitta er här tillsammans!" utbrast herr Hansson och sträckte sig efter en flaska champagne.

"Nu ska du inte göra fru Ståhl generad", sa Tom och skrattade. "Vi går ut och tittar på utsikten. Vill du följa med?"

Herr Hansson svalde en klunk och ruskade på huvudet. "Jag har ett mycket trevligt sällskap som väntar på mig där inne. Men gå ut ni."

Tom öppnade pardörrarna till balkongen och de steg ut.

"Vilken otrolig utsikt! Jag hade inte en aning om man kunde få se Visby innerstad så här."

"Ja det är vackert. Jag brukar ofta äta frukost här ute, tycker att det smakar bättre."

"Om det varit min lägenhet … ja då hade jag nog också suttit här en hel del."

Tom smuttade på drinken och log. "Jag har även ett sommarställe i Gothem."

Astrid kom att tänka på Henriks och hennes stuga. "Usch! Prata inte om sommarstugor!"

"Inte?"

"Jag är inte alls intresserad av att bo primitivt, med utedass", sa hon och rös.

"Utedass!" sa Tom och skrattade. "Har du negativa erfarenheter av det?"

”Minst sagt! Henrik köpte en stuga i Fröjel … ja för våra pengar. Jag vill inte bo där för mitt liv.”

”Men i min stuga finns inget utedass och sanningen att säga så behöver man inte leva speciellt primitivt hos mig. Där finns allt du kan tänkas behöva.”

”Ja, säger du det så …” Hon kunde inte låta bli att le när hon hörde ivern i hans röst.

”Var i Fröjel ligger er stuga?”

”Kommer inte ihåg adressen, men det ligger precis nere vid havet. Ett gult. Det ligger två stugor intill och ett gammalt stenhus mitt emot.”

”Då vet jag var det är! Han som bodde i stenhuset var skomakare och en farbror till mig. Vresig och tvär var han. Folk brukade lämna sina skor ute på verandan med en lapp vems de var och vad som skulle göra med dem. När han skulle betalas var han lite gladare och då vågade folk sig in. Jag brukade åka dit med pappa.”

De stod tysta intill varandra, lutande mot balkongens räcke och tittade ut över stan. Gator som nyss myllrat av människor var helt öde.

”Fryser du?”

Några snöflingor kom singlande ner från ingenstans och fick henne att huttra till. ”Ja det börjar bli kallt.”

”Vi går in. Jag ska inte hindra dig mer. Det har varit en trevlig kväll och jag är glad att fått visa dig mitt hem”, sa Tom och ställde ifrån sig glasen på en bricka.

”Ja det har varit en underbar kväll. Men klockan börjar bli mycket. Vi ses igen på min fest imorgon kväll.”

”Den vill jag verkligen inte missa. Nu skall jag skjutsa hem dig.”

Tom sträckte sig efter Astrids kappa och hjälpte henne på med den. Hade någonsin Henrik betett sig så mot henne? Inte vad hon kunde minnas i alla fall. Något inom henne sa att hon inte borde engagera sig för mycket i Tom, men det var svårt att låta bli. Han verkade ha allt det där hon saknade hos Henrik.

”Ja då åker vi väl då”, sa Tom och skramlade med bilnycklarna i rockfickan.

…

Astrid såg efter Toms bil tills den rundade hörnet vid korsningen. Känslan av hans hand mot kinden fanns ännu kvar och hon ville så innerligt behålla den. Blicken hon fått av honom var varm och för en kort stund trodde hon att den första kyssen varit nära, men den uteblev. Astrid suckade hänfört. Höll hon på att bli kär?

Dörren till grannhuset for upp. Bertil och Siv Nilsson kom ut. Astrid såg direkt att något var på tok och skyndade fram mot dem.

”Godkväll! Hur är det fatt?”

”Har du sett någon taxi?”

”Nej, jag har druckit vin ikväll, men jag kan be Henrik köra.”

”Nej för allt i världen! Jag har beställt en taxi. Det är visserligen inte långt ner till lasarettet, men jag har tagit starka värktabletter för mitt onda ben.”

Astrid såg oroligt på Bertil. ”Är du sjuk?”

”Min dotter Elsa är skadad. Någon har huggit henne i ryggen med en kniv!”

En taxi rullade in på Backgatan. ”Tack och lov! Inte en sekund för tidigt”, sa Bertil och öppnade bildörren åt sin hustru.

Astrid gick motvilligt in till sig.

Med herr Nilssons ord ringande i öronen öppnade hon ytterdörren.

”Henrik … ”

”Så det är dags att komma hem nu?”

Astrid nonchalerade hans sarkastiska fråga, tog av sig skorna och ställde dem prydligt på skohyllan. Drack han whiskey så här en vardagskväll? Hon sneglade åt hans håll. Något var fel. Ögonen flackade och munnen var hårt sammanpressad. Vänta nu … Tanken slog ner med full kraft. Det är ju Elsa han har en affär med? Astrid tog ett djupt andetag.

”Är allt som det ska?” viskade hon.

Han rynkade ögonbrynen. ”Skulle det inte vara det?”

Astrid brydde sig inte om att svara. Usch! Så obehagligt. Tänk om det var han som …? Hon kunde inte tänka tanken hela vägen fram.

Frågorna virvlade i Astrids huvud. Vad skulle bli hennes nästa steg? Var Tom någon att satsa på? Hon kände honom inte så väl men det hon sett och känt hade varit helt underbart. Och vad var det med Henrik? Var det han som hade gett sig på Elsa? Men Henrik hade väl aldrig visat sådana våldsamma tendenser. Astrid hörde honom i trappan. Attans, hon som glömt låsa dörren, tänk om …? Hon hoppade ur sängen, ilade över golvet och vred om nyckeln.

*

Henrik fyllde termosen med kaffe och ställde den på brickan. Med darrande fingrar tog han av pappret från rosorna han köpt dagen innan. De var ännu fina. En vas! Var fanns de? Högst uppe i skåpet hittade han en perfekt. Så där ja …

Presenten! Hur kunde han glömma det viktigaste? Han hoppades innerligt att hon skulle tycka om örhängena. De kunde inte ersätta halsbandet han gett till Elsa, men vad annat kunde han göra?

Henrik var på väg att lyfta brickan men ändrade sig. Tänk om hon hade låst? Pinsamt. Han tittade på klockan. Astrid skulle nog komma ner snart. Kanske lika bra att vänta. Han satte sig och slog upp tidningen.

"Hoppsan! Sitter du här?"

Henrik ryckte till och tittade upp. Astrid stod på nedersta trappsteget. Herregud, var han så ofokuserad att han inte ens hört henne komma?

”Grattis Astrid! Jag skulle precis gå upp med en frukostbricka till dig.”

”Men snälla … har du …? Åh! Så fint!”

”Jag vet att du är ledsen över halsbandet. Tyvärr kan jag inte göra något åt det, men en liten present har jag i alla fall.”

Henrik räckte fram ett paket med guldfärgat papper. Astrid ryckte till när hans hand nuddade henne. Hon vek undan blicken.

”Förlåt, gjorde jag något galet?”

”Nej … absolut inte”, sa hon lågt och satte sig ner.

”Öppna presenten!”

Henrik satt tyst medan hon lossade tejpen och vecklade upp pappret.

”Åh … så vackra!”

Astrid mötte hans blick för första gången denna morgon.

”Tycker du om dem?”

”De är jättefina! Jag ska ha dem på festen ikväll.”

Fest … javisst ja. Hade de inte bestämt att ha den nästa helg
”Du kommer ihåg att jag jobbar idag?”

Hon nickade kort. ”Allt är ordnat. Du behöver inte tänka på något. Har beställt catering med service.”

”Kaffe?”

”Ja, cateringfirman levererar kaffe också.”

”Nej jag menade om du vill ha kaffe nu?” sa han och sträckte sig efter termosen.

”Tack gärna!”

Astrid såg på honom och log. Henrik blev varm. Det var längesedan de suttit så här tillsammans. Rent krasst visste han att det berodde mycket på honom och han skämdes. Så arg han var på sig själv! Bättre fru än Astrid kunde han inte få. Utan henne hade han inte kommit långt. Nu skulle han skärpa sig och bli den make hon förtjänade.

”När kommer du hem? Pappa och Amelia kommer med flyget vid femtiden.”

Henrik försökte dölja en grimas men förstod av Astrids min att han misslyckats.

”Jag vet att du har svårt för pappa, men du får försöka stå ut för min skull”, sa hon och skrattade till.

”Allt för dig. Det vet du.”

Astrid svalde det sista kaffet och reste sig från bordet. ”Tack så jättemycket för presenten.”

Hon försvann uppför trappan. Inte heller denna gång hörde Henrik hennes steg.

…

Henrik svängde in till parkeringen på S:t Olof och hajade till vid åsynen av två polisbilar som stod parkerade vid huvudentrén. Vad hade nu hänt här? Orolig klev han in genom dörren.

En kvinnlig konstapel stod vid receptionen. Hon fångade Henriks blick och tog ett steg i hans riktning. "Vem har vi här då?"

"Henrik Ståhl. Jag är överläkare här", sa han och log osäkert.

"Mitt namn är Eva-Lotta Berg." Hon nickade kort och vände sig mot sin kollega. "Henrik Ståhl följer med mig för att svara på frågor."

"Gör så! Jag tar över så länge."

Henrik sträckte på ryggen i ett försök att se lika myndig ut som poliskvinnan. "Vi kan gå in på mitt kontor."

Eva-Lotta fixerade honom med blicken. "Nej. Vi har efterfrågat och tilldelats ett rum. Följ med mig." Henrik gjorde som han blivit tillsagd. Synade henne bakifrån och förundrades över att en kvinna kunde ha så grova armar. Inte feta, bara muskulösa. Den kortärmade skjortblusen dolde endast delvis tatueringen på överarmen.

Eva-Lotta öppnade dörren till rum fyra och gjorde en gest mot sängen. "Sätt dig!"

Va? Sitta på en patientsäng? Henrik tvekade. Hon nickade bestämt.

Han lydde utan vidare protester. "Vad är det som har hänt?

Hon satte sig på en stol mitt emot honom. "När gick du hem från jobbet igår kväll?"

Ja … när hade han gått hem egentligen? ”Jag kommer inte riktigt ihåg, men jag jobbade över.”

”Vad gjorde du innan dess?”

Inte kunde han väl berätta om sitt gräl med Elsa och om hennes hot att berätta för hans fru? ”Jag gick igenom journalanteckningar och diverse andra måsten.”

Hon såg på honom med beslutsam min. Ofrivilligt kände han hur det sög till i honom. Kinderna hettade. Han log sitt sexigaste leende för att dra uppmärksamheten från rodnaden. Hon rynkade ögonbrynen och spände ögonen i honom. Henrik insåg sitt misstag sekunden för sent.

”Vad är det herr Ståhl försöker göra? Tror han att jag faller för sådant?”

Gud vad han skämdes. Harmset satte han sig tillrätta. ”Vad behöver ni veta?”

Hon tog av sig glasögonen och stoppade ner dem i skjortblusens bröstficka. ”Det har skett ett överfall här på kliniken igår kväll.”

”Ett överfall …?”

Vem hade blivit överfallen? Henrik ansträngde sig för att minnas vad som hänt efter han hade grälat med Elsa. Men allt kändes suddigt. Hade han gjort något som han inte mindes? Henrik ville fråga, men insåg att det skulle verka misstänkt. Han måste hålla sig lugn. Tids nog skulle allt klarna.

”Var patienterna inlåsta för natten när du gick? Hörde du några konstiga ljud?”

”Det är inte mitt ansvar men allt var lugnt när jag lämnade”, bluffade Henrik och försökte att inte visa hur förvirrad han kände sig.

”Ni kan för tillfället återgå till ert jobb. Vi återkommer eventuellt för fler frågor.”

Henrik gick genom korridoren och förundrades över att allt såg så annorlunda ut. Var det verkligt eller en hemsk dröm? Han öppnade dörren till dagrummet och möttes av Sirpas bleka ansikte.

Han vinkade henne till sig. ”Vad är det som har hänt?” viskade han.

”Det enda jag vet är att någon blivit överfallen”, sa Sirpa och slog ut med armarna i en uppgiven gest.

En polisman kom fram till dem. ”Jag behöver ett glas vatten.”

”Javisst!” sa Sirpa och tog ner ett glas från skåpet.

Henrik kände genast igen den unge poliskonstapeln. ”Visst var det Ruben?”

”Nämen … Henrik Ståhl? Våra vägar korsas visst allt som oftast nu för tiden.”

”Varsågod här har du vatten.”

”Jag vet något som ni andra inte vet …” Henrik vred på huvudet. Leif? Var kom han ifrån? Hade han suttit där hela tiden?

Henrik såg nervöst på honom.

”Nu räcker det med dina tokiga antydningar Leif!” sa Sirpa skarpt.

Henrik noterade att Leifs blick var kall och leendet hemlighetsfullt. Han blev svettig av att tänka på vad Leif kunde avslöja. Skulle Ruben ta Leif på allvar eller skulle han ta honom för den sjuka person han var?

*

Henrik slog igen journalanteckningarna. Det gick inte att koncentrera sig. Han tittade på armbandsuret och undrade om polisen skulle vara kvar länge till? Märkligt att de inte hade fått reda på något än. De fick heller inte lämna lokalen förrän polisen pratat med alla.

Suget efter kaffe vaknade. Förhoppningsvis fanns det färdigt i dagrummet. Henrik öppnade dörren och kikade ut, allt verkade lugnt. Han fortsatte ut i dagrummet.

”Jag skulle precis säga till dig”, sa Sirpa lika lugnt som vanligt.

Ulla vred sina händer krampaktigt. Henrik log vänligt mot henne utan att få något gensvar. Hon var helt klart påverkad av situationen. Han satte sig vid bordet medan Pedro misstänksamt följde honom med blicken.

"Hur är det med er? Mår ni bra?" undrade Henrik och såg på Anna.

Anna lyfte blicken från sina rödmålade naglar. "Färgen heter blodröd. Visst blev det fint?"

Han nickade och flyttade blicken till Knut som satt och slumrade med händerna på magen.

Leif kom släntrande in från korridoren.

"Är Sirpa den misstänkte mördaren?" sa han och placerade förstoringsglaset framför hennes näsa. "Nej ingen kråka här inte, men väl en stor skata!"

"Nu får det vara nog!" sa Sirpa trött och tog av honom förstoringsglaset. "Det här är inget skämt och vems uniformsmössa är det där?"

"Jag vet inte … den låg på hatthyllan", svarade Leif och vred skärmmössan ett kvarts varv. Han vände sig mot spegeln och sträckte stolt på sig. "Konstapel Leif Braun!"

"Ursäkta, men vi skulle vilja prata med dig Sirpa", sa Ruben.

"Jaha … vad kan det nu vara?" sa hon oroligt.

"Som sagt var kan Sirpa vara …" Leif norpade åt sig förstoringsglaset från bordet och flinade mot polisen.

"Nu håller du tyst!" röt Sirpa.

Henrik fyllde koppen med kaffe och försvann in till sitt igen. Det skulle bli skönt att få åka hem efter denna pärs.

En hård knackning på dörren fick honom nästan att sätta kaffet i halsen.

”Ja …?”

Den kvinnliga polisen som tidigare under dagen förhört honom klev in med beslutsam min. Henrik fick en klump i magen.

”Jag vill ställa ett par frågor till. Har ni haft eller har ni ett förhållande med sjukvårdsbiträdet Elsa Nilsson?”

”Vad … jag menar … Skulle jag ha haft? … Jag är gift med …”

”Ska jag ta frågan en gång till?” sa hon bistert.

”Jag vet inte vad hon har sagt, men det är absolut inget mellan Elsa Nilsson och mig!”

”Det är inte hon som har sagt något. Det är snarare en av dina medarbetare som har berättat.”

Det snurrade till i Henriks huvud. Vem visste om deras affär?

”Jag får be dig att avsluta ditt arbete för dagen. Vi får åka vidare till polisstationen.”

”Till polisstationen!” sa Henrik i falsett. ”Men vi har födelsedagsfest för min fru i kväll …”

”Om du är samarbetsvillig hinner du kanske hem i tid.”

Generad slog han följe med den barska polisen. Sirpa och de boende tittade förvånat på honom när han passerade dagrummet. Av blicken från Sirpa förstod Henrik vem som hade avslöjat affären för polisen.

Klumpen i magen blev allt större. Vad hade hänt? Vem var det som hade blivit överfallen? Den kvinnliga konstapeln höll upp bildörren till baksätet och han klev fogligt in.

Henrik mötte Rubens ögon i backspegel och blev illamående. Var det Elsa som råkat illa ut? Den viktigaste frågan var ändå, skulle Astrid få reda på detta?

29.

Ingria gäspade stort och sträckte sig i sin fulla längd. Hoppsan! Nu var väggarna fyllda med bokhyllor igen. Någonstans långt därinne förstod hon att det här inte var verklighet, men likväl så var det hennes sanning för stunden.

Hur var det nu? Skulle hon leta efter en dagbok? Ingria satte fötterna på första stegpinnen och blickade uppåt. Åh milde himmel! Hur skulle det gå? Skulle artriten tillåta henne att klättra hela vägen upp? Skorna var välputsade. Den ena skavde lite lätt mot hälen. Men vänta nu … Med dessa små skor på fötterna kunde hon knappast ha artrit.

Hon smekte det skira nattlinnets tyg och log för sig själv. Så härligt! Det här nattlinnet hade hon glömt bort. Med lätta steg gick hon uppför stegen och passerade den ena avsatsen efter den andra.

En dagbok. Hur skulle hon? Vänta nu … visst hade hon sett mors dagbok, en svart? *Där är den*! Ingria släppte taget om stegen med ena handen och tog boken. Hon stannade till och såg ut över rummet. Det svindlade till och hon höll så när på att tappa boken.

Attans! Ingria tog ett bestämt tag om stegen och slöt ögonen för att hitta balansen igen. Eftersom detta egentligen hände i hennes sinnevärld, så borde hon inte kunna ramla och slå sig … men vem vet? Skoskavet kände hon.

Ingria fixerade blicken på hyllan framför sig och satte sig försiktigt på en avsats. Hon plockade upp den slitna boken och strök den ömt över omslaget. Kära mamma.

"Nu ska vi se."

Sidorna for i rask takt genom hennes fingrar. Ingen text? Var det fel bok? Ingria slog igen den och läste inskriptionen på framsidan. *Ur Fanny Koponens liv.* Kanske hann hon inte börja på denna, fanns det kanske en bok till? Skulle hon fortsätta leta? Sidorna i boken fick helt plötsligt eget liv och började bläddra för att till sist stanna på mittuppslaget.

Mor Fanny. Ingria hade aldrig tänkt på henne som vacker, men det var hon. Kortet var taget på en åker färdig för skörd. Fannys mörka hår hölls på plats med en slarvigt knuten scarf och på armen bar hon ett litet barn. Vem kunde det vara? En doft av nyslaget hö nådde hennes näsa.

Kommer du inte ihåg din lillebror?

Pratade fotografiet till henne? Lillebror? Hade hon haft en sådan?

Förlåt mig ... Jag hade ingen möjlighet att ta hand om dig och din syster, när er far valde att lämna oss.

”Du hade säkert dina skäl. Jag har förlåtit dig för längesedan. Vad heter lillebror och lever han idag?”

Din lillebror heter Sampo och lever numera i Karelen. Tiden rinner snart ut. Hade du inte en fråga att ställa?

”En fråga? Ingria letade i sitt minne. Nej det tror jag inte ... Ja, just det! Du gav mig mitt andranamn och det har försvunnit för mig. Vad heter jag mer än Ingria?”

Din far och jag var inte eniga på många punkter. Ingria såg hur fotografiet i boken blev allt suddigare.

”Jag ser att ni försvinner allt mer. Snälla, säg mitt andranamn, fort medan tid är!”

Namnet fick du efter din mormor Tula. Det betyder jobba hårt på den svenska sidan. Din mormor kom från Härjedalen.

”Var hon svensk?”

Hon var precis som du med sina gåvor. Du måste nyttja dem väl, bli vän med dem ...

Där klipptes mötet av och boken löstes upp i intet. Bokhyllorna började svaja otäckt. Ingria sträckte sig efter stegen och tog ett krampaktigt tag om övre pinnen som sakta förvandlades gelé. *Hjälp! Vad händer? Jag kommer att ramla ner och slå ihjäl mig!*

Ingria föll genom luften och landade mjukt i sängen. Sömnen övermannade henne och hon sjönk villigt in i den.

Astrid såg förtjust på faten och karotterna med mat. Hon
började bli hungrig. Det var längesedan hon hade ätit
plommonspäckad fläskkarré med gräddsås. Det doftade
gudomligt.

Magdalena, chefen för cateringfirman, lyfte på locket till
fläskkarrén. ”Ser allt ut att vara till belåtenhet?” undrade hon.

Astrid nickade och log. ”Det ser så gott ut! Jag skulle vilja
tjuvstarta middagen redan nu, men jag får försöka hålla mig”,
sa Astrid och kastade en lysten blick på faten.

Magdalena satte tillbaka locket på fatet och tittade på sitt
armbandsur. ”Serveringspersonalen borde komma alldeles
strax. Jag försvinner iväg för att svida om. Är tillbaka om en
timme.”

 ”Är det svartvinbärsgelé i burkarna?”

 ”Ja, helt enligt dina önskemål”, sa Magdalena leende.

 ”Jag ska inte hindra dig, vill bara tala om att jag är glad att
ha dig här.”

Magdalena tog på sig sin vita täckjacka, tittade i spegeln och
fyllde på av det redan rikligt påmålade röda läppstiftet. ”Ses
om en timme då.”

Dörren for igen. Astrid kunde inte hålla sig. Försiktigt lyfte
hon på locket. En förförisk doft av det ugnsbakade köttet
slog emot henne. Bara en liten bit …

 Hon bet försiktigt i köttbiten. Aj! Så varmt det var. Förfärat
såg hon hur halva köttbiten landade på klänningsärmen
innan den for i golvet. Nej, inte på klänningen, typiskt!

Astrid ryckte åt sig en handduk och stoppade den under vattenkranen.

Dörren for upp. "Ursäkta jag glömde …

Astrid såg skamset på Magdalena där hon stod och baddade på det röda klänningstyget. Astrids blick fortsatte ner på köttbiten på golvet. Gud så hon bar sig åt.

"Hoppsan! Låt mig hjälpa dig." Magdalena tog trasan ur Astrids hand och gnuggade metodiskt på ärmen.

"Så snällt … Du tog mig visst med fingrarna i kakburken", sa Astrid och log generat.

"Jag lovar att inte berätta för någon. Du skulle bara veta hur många som gjort likadant som du. Det har till och med hänt att en hel låda med prinskorvar försvunnit innan en julbuffé. Jag tror bestämt att fläcken är väck. Nu måste jag ila."

Med en tacksam blick på Magdalena svalde Astrids sin förtret. Det var dags att väcka pappa. Skönt att han fått vila innan festen. Han hade sett väldigt trött ut. Åldersskillnaden mellan pappan och Amelia märktes allt mer tydligt och det oroade Astrid att han inte kunde säga stopp. Men det var inte så svårt att förstå, han var rädd att förlora henne.

…

Gästerna var på plats men Henrik lyste med sin frånvaro. Lite konstigt var det, för när det gällde att vara representativ brukade han sköta sig. Astrid suckade inombords. Kanske var det lika bra att han höll sig borta. Men en som gärna såg att han kom hem, var Amelia.

Astrid stod i biblioteket när Tom dök upp i dörröppningen. En varm våg av känslor flöt genom hennes kropp. Det pirrade till när deras blickar möttes.

"Hallå där! Jag började just undra var du hade tagit vägen", sa Tom leende och lade armen om henne.

"Tom. Tack för senast. Henrik har inte kommit hem, så jag blev tvungen att vara på två ställen samtidigt", sa Astrid och skrattade. Hon strök honom lätt på armen men kunde inte låta bli att klämma lite extra när hon kände hur musklerna spändes.

"Har Henrik inte kommit hem? Han kommer nog alldeles strax ska du se. Här är en liten present från mig", sa Tom och räckte fram paketet han haft bakom ryggen.

"Åh tack!" Hon ruskade lite försiktigt på det.

"Skaka inte för hårt bara. Jag kanske borde ha lagt det på presentbordet?"

"Vi kan väl öppna det här och nu?"

"Det bestämmer du. Som sagt var, det är litet men välment."

Hon lossade tejpen och drog pappret från kartongen. "Jag är så nyfiken. Vad har du hittat på? Men snälla nån! Var har du fått tag i den?" sa hon och höll upp den engelska kaffekoppen.

"Jag har mina kontakter och jag visste att du hade förlorat en i din servis. Så nu är den väl komplett?"

”Om du bara visste hur glad jag är.” Astrid höll försiktigt den sköra lilla koppen. ”Som jag har letat efter denna. Tusen tack!”

”Ja … hur glad är du då?”

Astrid vände sig hastigt om och kollade läget. Ingen där. Utan att hon visste ordet av, hade hon ställt sig på tå för att ge honom en puss på kinden. Han vände sig mot henne. Pussen blev en kyss på munnen.

”Hoppsan …” sa Astrid förläget. Hennes hjärta slog hårt av lycka.

”Inte mig emot”, sa han och kysste henne igen.

Astrid ville att stunden skulle vara för evigt. Doften och smaken av honom var underbar. Det skramlade till ute i hallen och hon återvände till världen.

”Milde himmel … Förlåt”, mumlade hon och vände sig från honom.

Tom strök henne försiktig på kinden. ”Det var lika mycket mitt fel. Jag kunde inte låta bli. Du är så underbar.”

Dörren for upp och pappa tittade in.

”Där är hon ju, mitt lilla födelsedagsbarn. De frågar efter dig.”

Astrid vek undan med blicken. Hade pappa sett något? Hon följde honom genom hallen, kände Toms närvaro bakom ryggen och ryste av välbehag. Helt galet. Hon, en kvinna på sitt fyrtiosjunde år betedde sig som en förälskad tonåring.

Vad hon kunde minnas hade det känts precis likadant då som nu.

Tom försvann in bland gästerna som alla tittade förväntansfullt på henne. Fjärilar fladdrade i magen. Det var tydligt att hon förväntades hålla tal och hon fick tunghäfta.

Hon harklade sig försynt. ”Jag … ikväll. Ursäkta jag menar att …”

Ingen tog notis. Astrid svalde. Varför var inte Henrik här? Även om han hade sina tillkortakommanden, visste han att föra sig i större sällskap och skulle enkelt ha fått gästernas uppmärksamhet för hennes räkning. Han borde dessutom ha varit med och tagit emot alla och hälsat dem välkommen.

Astrid sköt undan irritationen men då dök istället känslan av kyssen upp och hon kände hur hon rodnade. Precis då slöt Tom upp vid hennes sida, räckte henne ett glas champagne och slog lätt med skeden mot sitt glas. Sorlet tystnade.

”Jag vill börja med att hälsa er välkomna å Astrids vägnar. Vi är alla lyckligt lottade som får vara här och fira hennes födelsedag. Det kommer att bli en underbar kväll! Låt oss utbringa en skål!

”Skål!” ekade det högt. ”Ja, må hon leva, ja, hon leva …”

Fadern och vännerna sjöng för full hals. Lyckan bubblade i Astrid. Hon tittade på Tom och erkände för sig själv att han var mannen hon ville ha. De log mot varandra.

Astrid försökte fånga alla gästers uppmärksamhet med blicken. ”Alldeles strax serveras en liten förrätt. Så jag ber er att sätta er till bords”, sa hon med ett lyckligt leende.

Astrid tittade irriterat på den tomma stolen mitt emot. Även
om hon helst såg att Henrik höll sig borta var hon sårad över
hans nonchalans. Ett fat med läcker fläskkarré hölls fram
mot henne. Doften skingrade den dystra känslan och hon
försåg sig med stor förtjusning. Rummet fylldes med småprat
och skrammel från bestick och tallrikar. Alla såg ut att trivas.

*

Henrik gick ut på trappan, drog ett djupt andetag frisk luft
och gned sig om pannan. Det här förhöret hade kostat på.
Han hade en ihållande smärta bakom ögonen. Varje mening
han sagt, hade ifrågasatts. Ärligt talat! Han hade inte en
susning hur deras tankar gick, men han hade hållit sig till
sanningen.

Sakta gick han mot parkeringen. Att åka hem till festen var
det enda rätta, men det skulle bli svårt att möta Astrid och de
andra. Hur skulle han kunna förklara vad som hänt? Henrik
satte sig i bilen fortfarande bedövad av situationen. Hans
inre protesterade men hans kropp verkade leva sitt eget liv
och helt plötsligt befann han sig på gatan utanför deras hus.

Han öppnade dörren och klev in. Ingen lade märke till hans
entré. Henrik tittade in i salongen och såg de festklädda
gästerna.

   ”Jag vill passa på och tacka Tom för hans fina
engagemang.” Henrik hajade till inför Astrids pappas ord.

”Det var skönt för Astrid att ha dig vid sin sida, då herr Ståhl lyst med sin frånvaro.”

Henrik hade aldrig tyckt om sin svärfar, men än mindre nu då han berömde Tom. Astrid fick syn på honom och spände blicken i honom.

”Jaså! Passar det att komma hem nu?”

Nyfikna blickar vändes åt hans håll och det började tisslas och tasslas. Han blev med ens väldigt besvärad.

”Kan vi prata ostört i tio minuter?”

Astrid nickade stelt och reste sig. ”Vi går ut i köket.”

Han såg på henne med bedjande ögon. ”Förlåt … men det här är faktiskt inte mitt fel.”

”Jaha? Och vad är det som inte är ditt fel?” sa hon och fnös.

”En sköterska på kliniken har blivit överfallen”, sa Henrik trött.

Astrid strök sig över pannan. ”Herregud! Grannens dotter! Har du något …”

”Vad … hur? Visste du om det? Vad menar du med *har du något*? Jag har inget med det att göra. Jag var ju hemma då?”

Astrid tog ett glas från serveringsbrickan och fyllde det med vatten. ”Vad har du gjort hela eftermiddagen och kvällen?”

Han lyfte på locket till en matkantin. ”Tack och lov, det finns mat kvar. Jag har inte fått något att äta sedan lunch. De höll oss först fast på kliniken. Sen blev det utfrågning på polisstationen.”

”På polisstationen …?”

Astrid bleknade. Henrik sträckte sig efter en tallrik och plockade på av den nu kalla maten. ”De frågade ut alla.”

”Fick alla … åka till polisstationen?” Astrid satte sig och tog en djup klunk med vatten.

”Det vet jag inte … måste vi älta det nu? Jag är hungrig och trött. Att jag är hemma igen måste betyda att det är ingen fara, jag är inte misstänkt längre.” Henrik log prövande mot henne.

”Det här känns väldigt obehagligt.”

Litade hon inte på honom? Hur kunde hon tro att han kunnat göra något så otäckt som att hugga ner en annan människa? Usch! Så sliten och ovårdad han kände sig när han såg på Astrid där hon satt i sin fina röda klänning med de nya vackra örhängena.

”Förlåt älskling … det är så tråkigt att din födelsedag blivit förstörd.”

Hon reste sig sakta från stolen. ”Förutom detta har dagen varit helt perfekt. Maten var väldigt god och jag har fått många fina presenter.”

”Du vet vad jag menar. Jag beklagar djupt att jag inte kom hem i tid.”

Hon knyckte stolt på nacken. ”Tom ryckte in i ditt ställe. Han klarade det galant.”

Det kändes som om han fick ett knivhugg i magen. Utan ett ord lämnade hon demonstrativt köket.

Vad har Tom här att göra? Han skall ge tusan i Astrid! Ilsket slevade han i sig maten. Skulle han strunta i deras blickar och bara gå in till dem? Nej, han var svettig och kläderna var solkiga. Det fick allt bli en dusch först.

Henrik tog trappan i tre kliv, slet av sig kläderna och skyndade in i duschen. Det varma vattnet strilade över hans stressade kropp och gjorde honom gott. Så där, nu fick det räcka. Han vred av vattnet och upptäckte till sin förargelse att det inte fanns några badlakan framme. Ilsket svepte han den minimala handduken om midjan utan att torka sig.

Huden knottrade sig av den svala luften i hallen och han skyndade till sitt rum. En svag doft av parfym, vilken han inte kände igen sen tidigare nådde honom när han klev över tröskeln.

”Men herregud, vad gör du här?” Henrik stängde snabbt dörren. Varför ligger du naken i min säng?”

”Jag väntade på dig.” Amelia reste sig och rörde sig sensuellt mot honom. Smeksamt la hon armarna om hans hals och tryckte en het kyss på munnen.

”Är du helt galen? Tänk om Astrid kommer upp!” utbrast Henrik förfärat och slet sig lös.

”Det gör hon inte. Hon är helt betagen av den där Tom”, skrattade Amelia hest. Hon drog lätt i den lilla handduken.

”Du måste gå. Det som hände mellan oss … var härligt men det är över. Jag vill rädda mitt äktenskap. Det är Astrid jag vill ha.”

”Det är nog redan för sent, förstår du”, sa hon överlägset. Hon höjde ena ögonbrynet och ristade en linje med sin knallröda nagel på hans hand. ”Tom är ett riktigt praktexemplar och de har fått upp ögonen för varandra. Jag ska vara ärlig. Du kan inte riktigt mäta dig mot honom. Du börjar bli tunnhårig och en aning rund om magen.” Amelia skrattade och drog på sig klänningen.

Henrik tittade bistert efter henne när hon vickande lätt på stjärten försvann ut genom dörren. Den romansen skulle han minsann sätta stopp för. Hon skulle aldrig vara otrogen mot honom. Inte Astrid inte.

…

Henrik steg in i salongen och sorlet tystnade. Han log sitt charmigaste leende och gick rakryggad fram till Sirpa.

”Hej! Är du här?”

”Ja … Jag och Astrid känner varandra från röda korset”, sa hon lugnt.

Henrik lutade sig fram. ”Varför sa du till polisen att jag och Elsa hade ett förhållande?”

”Jag vet att det stämmer. Elsa har berättat.”

”Det är inte sant. Hon ljuger”, sa Henrik och ruskade på huvudet.

”Får jag förresten presentera min fästman Nils Karlsson!”

Henrik hajade till. Han hade inte ens sett mannen som stod bredvid Sirpa. De hälsade lite snabbt och stelt innan Henrik fortsatte fram till Astrids pappa.

”Godkväll Anton! Hur står det till?”

”Tack bara bra. Det har varit en fantastisk fest. Synd att du missade den. Men du hade väl viktigare saker för dig.” Anton gav Henrik en kall blick. ”Du får ursäkta. Det verkar som Amelia vill mig något”, sa Anton och gick iväg.

Henrik såg förvånat efter honom. Så oartig brukade han inte vara. Hade Astrid beklagat sig för pappa? Han sökte efter Astrid och fann henne tillsammans med Tom och en rundlagd äldre herre. Henrik gick bort till dem. De skrattade glatt men tystnade tvärt när de fick syn på honom.

”Henrik Ståhl!” sa han och räckte fram handen.

”Herr Hansson! Jag har affärer ihop med Astrid och Anton.”

De fortsatte sitt tidigare samtal och Henrik stod tveksamt kvar. Ingen verkade ta någon notis om honom. Amelia mötte hans blick från andra sidan rummet. Hon log retfullt och höjde sitt glas till en skål.

Äntligen började festen lida mot sitt slut och gästerna droppade av en efter en. Det var längesedan han hade sett Astrid så nöjd och lycklig. Spontant lade Henrik armen runt hennes midja och drog henne intill sig och hon lät den vara kvar.

Tom kom fram och tog hennes hand och kysste henne lätt
på kinden. Henrik hörde hur hon flämtade till. Vilken
fräckhet! Hade det inte varit en massa folk här hade han
slagit in tänderna på honom.

…

Henrik klädde av sig och satte sig tungt på sängen. Så fort
den sista gästen hade gått, hade hon slitit sig loss från hans
grepp. Det här var inte bra. Blicken Astrid hade gett honom
hade varit iskall. Han hade inte fått en chans att prata i
enrum med henne, Anton och Amelia hade hela tiden
befunnit sig i närheten. Nej, han fick vänta tills de blev
ensamma.

Den där jäkla Tom! Komma hit i deras hem och tafsa på
Astrid. Givetvis var hon inte intresserad av Tom. Hon ville
bara straffa honom för något. Vad han nu kunde ha gjort?
Allt skulle bli bra igen, det var han säker på. Bara han gav
henne sin uppmärksamhet. Då skulle hon älska honom igen.

Lättad kröp han ner i sängen och släckte lampan. *Allt kommer
att bli bra …*

30.

Leif gick irriterat fram till fönstret och stirrade ut i mörkret.
Han visste inte om han skulle skylla på doktorn eller polisen
men doktor Henrik hade inte synts till sedan de tog med
honom i polisbilen igår.

Var det kanske så att wienerbröden låg och väntade på honom inne i personalens hemliga kakförråd? Tanken gnagde och till slut blev längtan efter de gyllene bakverken för stor. Han måste hämta dem. Det fanns inget annat alternativ. Hur mycket kunde klockan vara? Hade nattpersonalen kommit?

Leif lirkade fram nyckeln ur sin gömma och öppnade försiktigt dörren ut till korridoren. Det lyste svagt och han kunde inte se visarna på väggklockan. Kvällspersonalen måste ha gått för kvällen.

Vad var det för ljud? Någon rörde sig längre ner i korridoren. Leif stod blickstilla och lyssnade. Snabbt ilade han över golvet mot handdukshängaren. Äntligen! Nyckeln hängde där. Fumlande tog han den och stoppade i byxfickan.

Har man sett! Där låg förstoringsglaset fortfarande kvar. Det kanske skulle vara spännande att vara polis? Men då måste man väl alltid göra det rätta? Det lät tråkigt.

Åter hördes ljudet nerifrån korridoren. Leif sträckte sig försiktigt runt hörnet. Det måste vara Malin, nattsköterskan. Han såg visserligen bara hennes breda bakparti där hon stod lutad över ett par lådor, men det kunde inte gärna vara någon annan.

Här gällde det att handla snabbt och smidigt om han skulle kunna slinka in i nischen till kakförrådet utan att bli upptäckt. Nu var han så nära att han nästan kunde känna doften av wienerbröd. Leif drog in ett djupt andetag och höll andan medan han hastade runt hörnet. Oj … det var nära. En svettpärla rann nerför pannan, in under glasögonen och

vidare ut på nästippen. Med darrande hand satte han nyckeln
i låset. Men vad nu då? Den gick inte att få runt? Leif bände
den fram och tillbaka medan han frustade missnöjt.

"Vad gör du här?!"

Blixtsnabbt vände han sig om och hamnade öga mot öga
mot *Sirpa!* Han svalde hårt och stirrade på henne där hon
stod med armarna korslagda över bröstet.

Den finska fångvaktaren? Hade hon inte gått hem? "Jag
trodde jag såg en inbrottstjuv …"

"Ge mig nyckeln!"

Så lumpet. Hur kunde han ha tagit så fel? "Varför flyttar du
inte hem till Finland igen?" muttrade han missnöjt.

"Så! Nu går vi tillbaka till ditt rum igen."

Leif småsprang genom korridoren, skyndade in på sitt rum
och slog igen dörren med en smäll. Skulle han hinna att
gömma nyckeln? Handtaget trycktes ner och dörren
öppnades.

"Jag vill ha en nyckel till av dig!" sa Sirpa och spände
ögonen i honom.

"Vilken nyckel? Du fick den av mig vid förrådet … Jag har
inga fler!" Leif tog på sig sin oskyldigaste min.

"Vänd ut och in på dina byxfickor!"

Leif böjde diskret armen bakom ryggen och lirkade in
nyckeln under byxlinningen. Aldrig i livet att hon skulle få

den. Han skyndade sig att dra fickorna ut och in. Sirpa synade dem.

"Får jag se dina händer!"

Lydigt sträckte han fram sina händer och flinade. "Nöjd så!"

Sirpa såg misstänksamt på honom och skakade på huvudet. "Jag kunde ha svurit på … Nu går du till sängs ögonaböj."

Leif tog ett steg mot sängen. Nyckeln gled ner från linningen och fortsatte rasslande genom höger byxben. För att landa med ett klirr på golvet. Leif stelnade till och kastade en snabb blick på Sirpa. Nu var allt hopp ute.

"Ser man på … där var den!" sa Sirpa triumferande och sträckte sig efter den. "Då så! God natt med dig … och för att ge dig ett svar på din tidigare fråga om varför jag inte flyttar hem till Finland. Jag behövs här för att ta hand om sådana som dig", sa hon och lämnade rummet.

Leif stirrade upprört på den låsta dörren. Skulle han behöva leva inlåst som de andra nu? Det här gick inte för sig. Han måste prata med doktorn redan i morgon. Hans enda livlina.

…

Det knackade på dörren och en okänd kvinnlig sköterska tittade in.

"Uh …" Leif gnuggade ögonen och stirrade fånigt på hennes morotsfärgade hår.

"God morgon! Dags att stiga upp!" sa hon glatt på finlandssvenska.

Inte nog med att de hade en finsk drake här. Skulle nu även lilla My från Mumindalen flytta in? Hon ställde sig bredvid sängen och vippade med huvudet fram och tillbaks.

"Usch! Stå still. Jag orkar inte se den där fula knuten svänga hit och dit."

"Jag heter Rita. Ska vara här tills Elsa är kry nog att komma tillbaka. Ska jag hjälpa dig med dusch och lite klädbyte?"

"Är du galen! Tror du inte att jag kan tvätta mig själv?"

"Se så! Sätt fart nu. Skall jag plocka fram rena underkläder till dig?"

"Det skall du inte. Försvinn härifrån!"

Det knackade på dörren och Sirpa tittade in.

"Är det här du är! Det är inte Leif du skall hjälpa, utan Knut", sa Sirpa och flinade roat.

"Tack gode gud!" Den omutbara Sirpa fick helt plötsligt änglavingar. Leif log inställsamt. "Har doktorn kommit?"

"Nej! Doktor Ståhl kommer inte förrän i eftermiddag."

Det här gick inte för sig. Fick han inte sina wienerbröd snart ... "Jag vet något som ingen annan vet."

"Ja, det gör du säkert, men nu är det dags att stiga upp", sa Sirpa smått irriterat.

"Jag vet något om Elsa ... vem som gjorde det."

"Vad säger du? Är det ett av dina påhitt nu igen?"

Leif ruskade på huvudet, mötte hennes blick och ansträngde sig för att se allvarlig ut. "Det är sant … men jag tänker inte säga något förrän jag fått tillbaka nyckeln."

"Kommer inte på fråga! Vem var det som gav sig på Elsa?"

Han vände sig ifrån henne och tittade ut genom fönstret.

"Leif …"

Hon kunde glömma att han skulle säga något utan att få något tillbaka. Dörren slog igen och han var ensam. Var hade doktorn tagit vägen? Skulle han bli utan kaffebröd idag också?

…

Leif svalde den sista skeden gröt då två uniformsklädda poliser kom in. Sirpa vinkade dem till sig och de försvann ut i korridoren.

Han lyfte tallriken mot munnen och sörplade i sig det sista av mjölken. Dags för lite vila på frukosten. Leif reste sig och sköt in stolen medan han sneglade ut mot korridoren. Varför var polisen här igen? Leif hajade till när den kvinnliga polisen kom gående rakt mot honom.

"Leif Braun! Var snäll och sätt dig", sa hon vänligt men bestämt. Hon drog ut stolen mitt emot och slog sig ner.

Leif lutade sig ivrigt framåt. "Letar ni efter fler skurkar?" sa han och pekade diskret på Sirpa. Leif såg hur det ryckte till i mungipan på den annars så barska poliskonstapeln.

”Nej inte för tillfället. Vi har fått information om att du eventuellt visste något av vikt.”

Hade Sirpa tagit hit dem för att pressa honom på information? Nej … den gubben gick inte. Han behövde ha den informationen i utbyte mot nyckeln. Leif ruskade på huvudet och såg stint på Sirpa som torkade av borden efter frukosten. ”Jag vet absolut ingenting!”

”Så du har inget du vill dela av dig med? Tänk vilken hjälte du skulle bli”, sa polisen.

Leif såg fundersamt på henne. En bild på honom i Allehandas mittuppslag? Ja, det skulle vara något det. Men hur skulle det då bli med Siestas bakverk? Han knep ihop munnen. Poliskonstapeln reste sig från bordet och gick bort till Sirpa. ”Vi blir nog tvungna att …” Sirpa nickade allvarligt.

”Leif! Vi ser ingen annan möjlighet än att du får åka med oss till polisstationen.”

Polisstationen? Vad spännande! ”Kan jag få sitta framme då?”

”Det går absolut inte för sig. Sirpa får följa med dig”, sa den kvinnliga konstapeln vänligt. ”Men du kan få låna den här så länge.”

Han såg tveksamt på uniformsmössan. Kunde han ha en kvinnlig mössa? Ja … den såg exakt ut som den han bar sist.

Leif klev ut på trappan och fick syn på några cyklister som
for förbi. Han rättade på ryggen och gav dem en kunglig
vinkning.

”Så! In i bilen nu Leif”, sa Sirpa och puffade honom
framför sig.

”Vilket tjat! Det här är väl vardagsmat för dig men för mig
är det en stor sak. Det är inte varje dag man får åka polisbil
minsann”, sa Leif.

”Vad pratar du för dumheter. Jag har aldrig åkt polisbil
förut”, utbrast Sirpa irriterat.

”Jag tycker vi borde testa sirenerna”, sa Leif och knackade
den manlige konstapeln på axeln.

”Så du tycker det?” sa den kvinnliga konstapeln och
skrattade. ”De fungerar! Jag lovar.”

”Hur vet du det?”, sa Leif.

”Du har en poäng där”, sa den manlige polisen. ”Jag lovar
att testa sirenerna när vi är framme.”

Det var betydligt roligare att åka denna gång. Förra gången
hade allt varit som i en dimma. Vilken kalabalik det hade
blivit där ute vid skolan. Ja, det var det mest spännande han
hade gjort.

Leif log för sig själv då ljuva Susanne dök upp på näthinnan.
Märkligt, han hade inte ägnat henne en tanke på evigheter. I
dagstidningarna hade han utmålats som en galning. Men det
enda han velat, var att skipa rättvisa.

Bilen rullade in på parkeringen och stannade framför ingången.

”Är vi redan framme?”, protesterade Leif.

”Ja, kliniken och polisstationen är grannar. Är du redo Leif? Nu testar vi sirenerna.”

Leif såg nöjt på Sirpa som satt med fingrarna i öronen. Den här gången hade hon inte haft något att säga till om.

En polisman mötte upp vid entrén. Leif såg förvånat på mannen. Honom hade han sett förut.

”Hej! Jag heter Egon Jansson. Det är jag som ska ställa lite frågor till dig. Du kan följa med mig.”

Leif tittade på Sirpa som nickade. Leif suckade och följde efter polisen, fast besluten att inte besvara några frågor som skulle kunna missgynna honom. Åhå … vad fanns det här? Ja, han hade sett rätt. På ett matbord stod det fyra termosar, kaffemuggar och en stor påse som det stod Siesta på. Leif tvärnitade framför bordet.

Någon tog tag i hans arm. Leif tittade förvånat på Egon. ”Ja undrade just vart du blev av. Kom med mig så vi får det överstökat”, sa Egon bestämt och stängde dörren in till personalrummet.

Motvilligt följde Leif med in i förhörsrummet. ”Var är Sirpa?” sa han.

”Hon var tvungen att ringa några samtal. Men det här klarar vi. Slå dig ner.”

Varför var han egentligen här? Kunde det ha med överfallet att göra?

Egon Jansson satte i stolen mitt emot, tog av sig glasögonen och såg på Leif med en fundersam min.

"Ni var ju med om en mycket tragisk händelse härom dagen. Jag tänker alltså på Elsa Nilsson."

Jaha … det kunde han gett sig fasiken på att det var det de ville. De tänkte sätta dit honom. Ilskan började pyra i Leif.

Egon sträckte sig efter skrivblock och penna. "Du får väldigt gärna berätta om du vet något som vi inte vet."

"Jag vet inte vem det var som högg Elsa med den guldfärgade saxen."

Egons ansiktsdrag stelnade med ens. "Sax? Hur visste

du …?"

Leif pressade samman läpparna och stirrade ner i bordet.

En ljuv doft av nykokt kaffe kom in från korridoren. Leif kom att tänka på påsen från Siesta. Magen knorrade högljutt.

"Vad säger du Leif! Skulle det inte vara gott med en kopp kaffe och något till?"

Leif! Nu försöker de lura dig i en fälla!

Nej Leif! Gör nu det rätta. Du är skyldig att ge dem sanningen.

Skulle hans föräldrar börja tjattra i hans huvud nu igen?!

Jag blir besviken på dig om du låter dig mutas.

Din far har aldrig kunnat skilja på vad som är rätt eller fel. Se till att ge dem allt du vet.

"Nå vad säger du …"

"Tyst! Jag kan inte tänka när ni tjatar så där", röt Leif och stampade foten i golvet.

Egons ögonbryn åkte upp i pannan. "Vill du inte ha kaffe?"

"Jag bestämmer själv om jag vill ha kaffe eller inte. Så det så Ta med bakverken från Siesta också."

Egon nickade och reste sig från stolen. "Det är klart att du ska få något gott ur den. Vi får se vad som finns."

Leif lutade sig nöjt tillbaka mot ryggstödet och lade armarna bakom nacken.

Egon placerade två koppar med kaffe på bordet och lade påsen bredvid. "Socker … mjölk?"

Leif tog ner händerna och nickade. En lockande doft utsöndrades från påsens flottfläckiga papper. Lusten att slita upp påsen och förse sig av godsakerna var stark.

Egon satte sig i fåtöljen, sträckte sig efter en kaffekopp, fyllde på med socker och mjölk. "Jag vill väldigt gärna höra om saxen."

Seså … berätta nu.

Din mor ska alltid vara så präktig. Släng dig över godsakerna. Ski i polisen. Ta för dig."

Leif tvekade. Han var bra sugen. Egon öppnade påsen och visade Leif innehållet.

Saliv samlade sig i mungiporna och han blev tvungen att svälja. "Åh! Wienerbröd … "

"Vem hade saxen?

"Anna."

"Anna? Menar du hon som bor på samma avdelning som du?"

Leif nickade och tog högtidligt emot det smuliga wienerbrödet med vaniljkräm och florsockerglasyr. Han nickade allvarligt. "Jag skulle gå min vanliga kvällsronda på avdelningen. Anna såg mig inte, men jag såg henne tydligt. Vet ni … hon ljuger. Hon kan faktiskt gå."

"Vad gjorde hon då?"

"Kan jag få ta en tugga …?"

"Vänta lite! Du ska få äta den alldeles strax."

"Jag såg henne smyga över dagrummet. Det var då jag såg den guldfärgade saxen som liknar en pelikan. Spelar du in när vi pratar?"

Egon nickade. "Det är viktigt att jag kommer ihåg rätt. Spännande eller hur?"

Leif såg klentroget på Egon och ruskade på huvudet.

"Men vad hände sen?"

”Jag såg henne försvinna in i korridoren. Strax därefter hörde jag ett gallskrik. Jag hade tänkt gå dit och se, men ville vänta tills Anna hade gått tillbaka till sitt rum, men då kom kvällspersonalen. Så jag hann inte gå dit.

Nu kunde Leif inte hålla sig längre. Han tog en stor tugga av wienerbrödet. När han kände smaken av varm vaniljkräm blundade han njutningsfullt. Han öppnade ögonen och sneglade på Egon som log brett.

”Vet du vad Leif! Nu har du varit så duktig. Du ska snart få komma hem igen och dessutom ska du få med dig alla wienerbröden. Vill du det?”

Leif nickade lyckligt.

31.

Henrik tittade på väckarklockan och suckade irriterat. Det hade varit närmare midnatt innan han hade lyckats somna och nu till råge på allt hade han försovit sig.

Han reste sig från sängen och släntrade in i badrummet med halvslutna ögon. Det hade varit två hemska dagar. Henrik ångrade att han tagit ledigt. Stämningen hade varit otrevlig.

Astrid hade nonchalerat honom och Anton hade varit tvär. Bara Amelia hade varit trevlig men efterhängsen. Så dumt att han envisats med att köra Anton och Amelia till flyget. De hade faktiskt förbeställt en taxi som han av någon jäkla dum anledning propsat på att de skulle avbeställa. Ja, bara att se till att få det gjort.

Henrik blötte ansiktet med kallt vatten i hopp om att piggna till. Tankarna försvann till festen. Det hade känts fruktansvärt att se Astrids förtjusning över Toms uppvaktning. Han ville inte minnas känslan av osäkerhet som hade skapats inom honom. Men tankarna fortsatte att mala.

Var hade han henne? Tänk om hon … Nej inte kunde hon överge honom för Toms skull? Men hur han än försökte trycka undan tanken, så försvann den inte. Astrid hade använt örhängena hon fått av honom. De hade varit väldigt dyra men det kändes som om han behövde ge henne något mer.

Det knackade hårt på dörren. ”Är du klar Henrik?!”

Henrik grinade illa åt Amelias röst som hade en tendens att stiga i falsett. Han drog en kam genom håret, öppnade dörren och mötte hennes förväntansfulla blick. Hennes knallröda leende fick honom att rysa. ”Gå före du”, sa han avmätt.

Amelias leende slocknade tvärt. Henrik tittade med sammanpressade läppar på hennes vippande rumpa nerför hela trappen. Vad hade han sett hos henne?

”Du får hjälpa oss ut med packningen. Väskorna har av någon märklig anledning blivit tyngre efter vistelsen”, sa Amelia.

Henrik nickade trött. ”Är Astrid redo?”

"Astrid kommer inte med. Hon är trött. Jag tyckte att hon kunde få en chans att vila ut", sa Anton och öppnade ytterdörren. "Du kan sätta dig i bilen, Amelia. Henrik bär ut vår packning."

Anton och Amelia försvann längs trädgårdsgången. Henrik bet ihop käkarna, greppade väskorna och rätade ryggen. Blytungt! Vad hade Amelia packat ner? Ett lik i vardera väskan? Stånkande och stönande stapplade han längs uppfarten fram till bilen. Lättad ställde han ner väskorna och öppnade bakluckan.

Bagageutrymmet var redan överbelamrat med påsar och kartonger. Henrik hörde Amelia och Anton småprata i bilen medan han försökte lägga pussel av packningen i bagageutrymmet.

"Kom ihåg kartongen med rullrånen!" ropade Amelia.

Herregud! Ska de nu ha kaffebröd med sig också? "Var är de?"

Amelia vände sig om och mötte Henriks blick. "Jag tror bestämt att de blev kvar i köket."

Henrik bet sig hårt i underläppen och återvände in i huset. Hade det inte varit för Astrids skull hade han bett kärringen att gå in och hämta den själv, men för tillfället hade han inga trumfkort. Så det gällde att spela rätt, med de usla kort han hade på hand.

Varsamt placerade han kartongen på den största väskan och slog igen luckan med en smäll. Han slet upp bildörren och satte sig tillrätta bakom ratten med en djup suck.

Anton såg irriterat på Henrik och rättade till sin halsduk. "Ja, nu blir det till att skynda. Vi är ute i sista minuten."

Här ställer man upp och kör dem till flyget. Ilskan sög tag i honom men han svalde det fräna ordet han hade på tungan.

"Ja, hade du stigit upp tidigare, hade vi redan kunnat vara på väg …" fyllde Amelia i.

Amelia mötte hans blick i backspegeln och fladdrade med ögonfransarna.

Bilen for bakåt betydligt fortare än han hade avsett och stannade med ett kraftigt ryck intill grannens staket.

Amelia slog i sidorutan. Henrik förstod att han gått över gränsen. "Förlåt! Jag måste nog kolla bromsarna."

Anton såg förfärat på Henrik. "Det är nog bäst det …"

De åkte mot flygplatsen under tystnad. Henrik stannade framför entrén. Amelia och Anton klev ur bilen och gick in genom dörrarna. Irriterat såg han efter dem, klev ur bilen och lastade ur packningen på en kärra. Den illa tilltygade kakkartongen placerade han överst. *Så där! Nu till incheckningen.*

Lättad såg han packningen försvinna på bagagebandet, vände sig om och gick bort till Amelia och Anton.

"Ja nu var allt klart! Ni får ha en trevlig resa."

"Det ska vi! Du får hälsa min lilla ängel, att hon ska vara rädd om sig", sa Anton.

Amelia ägnade inte honom en blick. Kanske hade hon blivit lite tilltufsad efter inbromsningen? Nåja, det skulle bli skönt att slippa dem.

Henrik svängde in till kliniken och ställde sig på sin vanliga plats. Klockan var inte mycket, men han hade inte tyckt det var någon idé att åka hem. Han öppnade handskfacket och tog fram sprayflaskan med rengöringsmedel. Förbaskade fåglar! Inte en endaste gång hade de bemödat sig att skita på hyrbilen han hade haft under tiden den här hade varit på verkstad, men nu passade de minsann på.

Han klev ur bilen, dränkte framrutan i det giftosande medlet, nös av de skarpa ångorna och gnuggade frenetiskt med trasan. Nöjd med resultatet lade han tillbaka grejerna i bilen.

Var kunde han få tag i rosa rosor? De måste väl finnas året runt i en blomsterhandel? Vad kunde han mer göra för att gottgöra Astrid? Visst hade hon pratat om att hennes favoritparfym fanns på Tempo? Ja, han fick ta sig dit på lunchen.

Vin tyckte hon om och kanske lite räkor till det. Han skulle se till att hon blev riktigt bortskämd och fotmassage älskade hon också. Ja, så fick det bli.

Henrik lämnade bilen och gick mot personalingången. En kakafoni av fågelskri skränade över hans huvud. ”Försvinn! Ni kan väl vara någon annanstans? ” Han hytte med näven. ”Nästa gång tar jag fram hagelbrakaren!” Hotet blev utan gehör.

Han öppnade dörren in till avdelningen och fick syn på Sirpa. Hon log och skyndade fram mot honom.

"God morgon! Redo för lite goda nyheter?" sa hon andfått.

Han behövde ha tag i telefonnumret till en blomsterhandel. Det bästa vore att bara kunna hämta buketten, inte behöva stå och vänta. "Jag behöver en telefonkatalog."

Sirpa tog ett djupt andetag. "Jag ska hämta den. Det var Anna som överföll Elsa. Kan du tänka dig, hon hade gått ända in till sköljen och huggit henne med en sax!" sa Sirpa och slog ut med handflatorna.

"Jaså?"

"Ja, ett av biträdena hittade ett blodigt nattlinne i Annas byrålåda och det bästa av allt, Elsa är på bättringsvägen. Anna skall utredas och förflyttas till en annan avdelning."

Han måste förbi Tempo på lunchen. "Vet du om de har lunchstängt på Tempo?"

"Förlåt! Här berättar jag för dig om den tragiska händelsens gång och du pratar om telefonkataloger och Tempo?"

Henrik insåg med ens att han hade varit nonchalant. "Det är jag som skall be om ursäkt", sa han och försökte dölja likgiltigheten. "Men nu har jag lite att stå i, så om du ursäktar?"

"Det är ju skönt att Elsa piggnar på sig och kan få återvända inom kort."

Henrik ryckte på axlarna. "Ja, det är det väl …"

Han kände Sirpas blick i nacken där han gick mot sitt kontor, men han hade svårt för att känna någon större lycka över Elsas tillfrisknade. Den enda han brydde sig om var Astrid.

32.

Ingria frös så hon skakade. Hon öppnade ögonen och möttes av beckmörker. Var det verklighet eller dröm? Lukten av våt mossa slog emot henne. Hon trevade försiktigt med handen. Sten och åter sten. Dessutom var den hal och fuktig. *Men herregud! Jag sitter i vatten.* Skräckslaget vände hon sig runt. Fanns det ingen öppning någonstans?

Hon ställde sig på darriga ben och iskallt vatten rann längs benen. Men hur hon än sträckte på sig kände hon inget annat än skrovlig sten. Paniken av att vara instängd trängde sig på och hon fick svårt att andas.

Finns det ingen som kan hjälpa mig? "Hallå!" Förvånat hörde hon ekot av sitt eget rop. En svag strimma ljus skymtade högt där uppe. "Hallå! Är det någon där?" Strimman växte till ett klot och hon insåg att det var månen som hade blivit synlig. *Varför sitter jag i en brunn?*

En gren knäcktes strax ovanför henne tätt följd av en dov duns. Vad var det där? Hon skärpte blicken och trodde sig se ett tygstycke hänga över brunnens kant. Det droppade från tyget. Något varmt landade på hennes hand. Vatten? Hon satte handen under näsan och luktade. Blod?!

Hon visste med ens att hon måste bort från denna vidriga plats. Tiden var knapp. Månens ljus försvann allt mer. Konturen av ett huvud skymtades i hålet mot himlen och hon blev hoppfull. "Hjälp mig snälla!" Kanske var det inbillning för hon borde inte ha kunnat se, men känslan av ett ondskefullt leende var stark.

Fötterna domnade i det kalla vattnet och hon blev tvungen att sätta sig igen. Vad var meningen med detta? Något sa henne att detta enbart var en dröm, men smärtan var likväl sann. Vattnet trängde in i benen och gjorde dem till is. Utmattad lät hon kylan omsluta henne. Var detta slutet? Ingria blundade och kände hur hon svävade iväg.

*

"Vilka underbara rosor! Dessa borde göra henne nöjd", sa Henrik och beundrade den vackra buketten expediten på Irisdals blomsterhandel höll upp.

Kvinnan brast ut i ett stort leende som fick hennes ansikte att bli minst tio år yngre. "Vem skulle inte bli det, med en sådan bukett och den fina hälsningen?"

Hon lindade med van hand papper om blommorna och gav den till honom.

Han räckte över pengarna till henne. "Astrid är inte vem som helst heller, hon är min underbara fru."

Henrik tackade och lämnade blomsterhandeln med ett leende. Nu hade han förberett allt han planerat. Så skönt det skulle bli att komma hem till ett hus utan gäster. Det hade varit påfrestande att ha svärfar i huset.

Han styrde stegen in i Österport. Fy sjutton vilken stank! Så oförskämt att urinera här inne i porten. Henrik höll andan och skyndade på stegen. Väl igenom drog han ett djupt andetag och höll så när på att springa på en man. Mannen ställde sig hotfullt mitt framför och spärrade vägen.

"Hör du! Har du något starkt där i påsen?"

Henrik sträckte på sig och mötte den skäggige mannens blick. Den fräna odören fick honom att backa ett steg.

En kvinna med smutsigt långt hår reste sig från parkbänken. "Hörru! Har du en cigg?"

"Nej ... jag röker inte."

Genast ångrade Henrik sitt mesiga svar. Var befann sig alla människor? Den skäggige mannen var klent byggd och kvinnan såg ut att kunna gå mitt itu om han skulle knuffa henne, men ändå kände han ett starkt obehag.

"Jaså du röker inte? Men jag hör ett välbekant klirr från flaskan", sa kvinnan och spände ett par elaka ögon i honom.

"Äsch! Låt snubben vara. Han ser inte ut att ha det så lätt han heller ..." sa den skäggige mannen och drog bort en sträng snor från näsan.

Lättad såg Henrik paret släntra vidare ner mot Östergravar. Glädjen han hade känt vid blomsterhandeln var borta. Vad

hade mannen menat med att "inte ha det så lätt?"
Skärpning! Skulle han lyckas charma Astrid fick han inte
hänga läpp. Henrik skyndade mot parkeringen.

Han halade upp nycklarna från rockfickan och öppnade
bildörren. Placerade rosbuketten och vinflaskan varligt på
bilsätet. Tänk om hon inte skulle vara hemma ikväll? Den
tanken hade inte ens slagit honom. Nej, nu skulle han inte
måla fan på väggen. Naturligtvis var hon hemma och
väntade på honom.

Henrik svängde in på Backgatan och såg till sin lättnad att
Astrids bil stod på sin vanliga plats. Varför var han nervös?
Borde han vara det? Han kunde inte se sig själv som
övergiven och ratad.

Med den inslagna parfymflaskan i fickan, blombuketten
under armen och vinflaskan i handen öppnade han försiktigt
dörren.

*

Toms varma röst hördes i luren och Astrids hjärta slog ett
extraslag.

"Jag ville bara tala om att jag har hämtat ut flygbiljetterna
till Venedig."

"Åh herregud … det hade jag precis glömt bort eller jag
menar … är det dags redan nu?" sa Astrid andfått och såg i
spegeln hur hennes kinder färgades rosa av upphetsning.

Tom skrattade hjärtligt. "Jag misstänkte att det nog kunde vara så. Hade det inte varit för att herr Hansson hörde av sig till mig, så hade jag också trott att det var först om två veckor."

"Menar du nu på onsdag?"

"Ja, allt är bokat och klart. Du har väl inte ändrat dig?"

"Absolut inte! Det skall bli underbart." Astrid skruvade på sig. "Men jag har inte sagt ett ord till Henrik om det. Insåg inte att det var så nära inpå. Han kommer nog inte att bli förtjust. Speciellt som jag inte vill ha honom med. Jag skall ta det med honom ikväll." Hon drog i telefonsladden för att ta sig fram till köksfönstret.

"Blir det problem tror du?"

Astrid hörde oron i hans röst. "Han kanske bara blir glad. Då får han tid för sina egna intressen." Hon blev själv förvånad över hur likgiltig hon var över vad Henrik skulle kunna hitta på.

Ytterdörren öppnades.

Astrid sänkte rösten. "Du, han kom hem nu. Vi får prata me en annan gång."

"Javisst … hör av dig när du kan."

Astrid satte tillbaka luren i klykan och klappade kinderna i hopp om att allt skulle verka normalt. Hur skulle hon lyckats berätta för Henrik om resan, utan att röja sina känslor?

Henrik dök upp i dörröppningen till köket med ett stort leende. Hon tvingade sig att le tillbaka.

"Hej älskling! Varsågod. Till dig", sa Henrik.

Astrid tog förvånat emot den enorma buketten. "Till mig? Varför har du …?"

"För att jag har världens vackraste och underbaraste fru."

Hon visste inte vad hon skulle säga. Så totalt oväntat.

"Du behöver inte klättra upp efter en vas. Jag tar det." Henrik sträckte på sig och tog ner kristallvasen de fått i bröllopspresent.

"Rosa rosor … så vackra." Astrid drog in den ljuva doften och arrangerade buketten i vasen.

"Ja, samma sort som du hade i din bukett på vårt bröllop", sa Henrik log lyckligt.

Vad hade han nu i görningen? I vanliga fall skulle hon ha blivit salig av en sådan gest, men nu kändes det bara fel. "Så sant", sa hon och vek undan med blicken.

Henrik lämnade visslande köket och kom tillbaka med en flaska vin som han ställde på bordet. "Denna är till i kväll, då jag ska ge dina fötter en omgång massage."

Nej, vad höll han på med? Hon skulle inte stå ut med hans händer på sin kropp.

"Jag vet inte om jag orkar vara uppe så sent. Tänkte lägga mig tidigt. Huvudvärk." Hans axlar sjönk ihop. Genast kom det dåliga samvetet. "Men jag skulle kunna ta en aspirin …"

Varför kunde hon aldrig säga ifrån? Han som hade gått
bakom hennes rygg så många gånger och ändå stod hon här
och gav honom det han ville ha.

"Ja, gör det! Det ska bli riktigt mysigt att få rå om dig."

Astrid hämtade aspirinburken och fyllde glaset med vatten.
"Jag går upp och vilar."

...

Astrid sträckte på sig. Det hade gjort gott att få sova en
stund. Hon suckade och satte sig på sängkanten. Bara tanken
på att få fötterna masserade av Henrik och dricka vin var
jobbig. Men hon var tvungen att gå ner. Hon hade redan
legat för länge.

Hon öppnade dörren till hallen. Lukten av vidbränd mat slog
emot henne. "Men milde himmel! Vad har hänt? Henrik! Har
du glömt något på spisen?"

Henrik kom fram till foten av trappan och tittade generat
upp på henne. "Luktar det fortfarande?"

"Om det luktar? Ja, det kan man lugnt påstå. Vad har du
gjort?" sa Astrid irriterat och gick ner.

Henrik ställde sig framför köksdörren. "Jag har dukat till oss
i vardagsrummet. Vill du absolut veta vad som hänt, kan vi
väl ta det där inne?"

Astrid ryckte på axlarna. "Ja, det lär ändå inte försvinna."

"Sätt dig! Jag har gjort landgångssmörgås."

Astrid såg tvivlande på Henrik. ”Om du har gjort smörgås till oss … varför luktar det då bränt?”

”Jag hade tänkt … eller rättare sagt jag försökte göra pannbiff, till pålägg.”

Henriks förlägenhet fick henne att dra på munnen. ”Men … du har väl aldrig kunnat laga till ens det enklaste i köket.”

”Nej, därför blev det smörgås.”

”Det ser jättegott ut! Jag älskar sill och ägg.”

De åt under tystnad och hur Astrid än försökte, kunde hon inte få ner mer. ”Det smakade jättebra, men den var i största laget”.

Henrik nickade och skrattade. ” Det är likadant för mig. Sätt dig i fåtöljen så ska du få den utlovade efterrätten.”

Nej, hon ville inte! Men hon kunde inte komma på någon lämplig ursäkt.

Henrik tittade på henne med smeksam blick. ”Du kanske vill byta om till något lättsammare?”

Astrid försökte dölja en rysning av avsmak. Hon skakade tyst på huvudet, satte sig i stolen i all hast och lade lydigt fötterna på fotpallen.

Henrik satte sig tillrätta på stolen, drog av hennes strumpor och la dem på golvet. ”Det var längesedan.”

Astrid ryggade ofrivilligt till vid hans beröring.

Henrik släppte taget om hennes fot. ”Är det något fel?”

”Nej … absolut inte!” Med ens blev hon sorgsen. Tänk så mycket kärlek hon hade gett honom under alla dessa år.

Henrik sträckte sig efter en tub och tryckte ut en klick i handflatan.

”Slappna av och blunda”, sa han och strök ut krämen varsamt på foten.

Astrid slöt ögonen, men bara så pass att hon kunde se vac han gjorde. Hans långa lugg, vilken annars brukade hållas bakåtstruken, hängde ner. Han knådade hennes trampdynor ömsom varligt och hårt. Ett stön bröt ut över hennes läppar

”Skönt?”

”Mm … mycket.”

Han släppte taget om foten och sträckte på sig. ”Vill du ha ett glas vin?”

”Ja. Varför inte?”

Det porlande ljudet av vätska som hälldes i glas väckte henn från den avslappnande dimman.

”Varsågod”

Astrid tog emot glaset med den vita mousserande drycken och log. Utan att hon visste ordet av, böjde sig Henrik fram och tryckte sina läppar mot hennes. Reflexmässigt lyfte hon handen och råkade vingla till med glaset.

”Åh nej!” utbrast hon förfärat.

"Oj! Det var helt och hållet mitt fel", sa Henrik och gjorde en grimas då den iskalla drycken blötte hans rygg.

Hon satte sig käpprakt upp i fåtöljen. Hur hade hon över huvud taget kunnat låta det gå så långt? Så idiotiskt! Men det var inte första gången han hade lyckats förföra henne med massage.

*

Henrik vaknade och trevade sömndrucket efter väckarklockan på nattygsbordet. Märkligt att han somnade ifrån sänglampan igår kväll. Men hans ansträngning att göra Astrid nöjd, hade tagit betydligt mer på krafterna än han räknat med. Kvällen hade varit lyckad. Synd att han klantade till det med vinglaset. Idag skulle han spela ut sitt trumfkort.

Han satte på sig morgonrocken och gick ner. Så tyst allt var. Krämen han hade använt till Astrids fötter låg kvar på bordet och handduken han lagt för det spillda vinet. Hur skulle kvällen ha slutat om han inte klantat till det? Sov hon ännu? Han plockade ner kaffeburken, hällde några mått i kaffefiltret och fyllde på vatten.

Det var något han behärskade i alla fall, att koka kaffe. Dagens tidning? Då hade Astrid varit uppe, eftersom den låg på bänken. Bruset från kaffebryggaren och doften av nybryggt kaffe talade om att det var färdigt. Henrik hällde upp en stor kopp och satte sig. Han tittade ut genom

köksfönstret och log nöjt åt solens tidiga strålar. Det skulle
bli en fin dag idag.

Astrid dök upp i dörröppningen. "Har du kokat kaffe?
Räcker det till mig också?"

Han såg förvånat på hennes uppklädda gestalt. "Ja … ska du
iväg någonstans?"

Hon vände ryggen till och fyllde kaffekoppen. "Varför
undrar du det?" Astrid vände sig sakta om och slog sig ned
vid köksbordet.

"Du har gjort dig fin", sa han och log.

"Tack … Du, det där som hände igår kväll …"

Henrik skrattade generat. "Ja så otroligt onödigt. Det blev
lite halvdant efter det …" Dags för trumfkortet! "Du, jag
skulle så gärna …"

Astrid sänkte blicken och skruvade nervöst ringen på fingret.
"Jag har något att berätta …"

Henrik mötte hennes blick.

"Damerna först!" sa Henrik, böjde sig fram och lutade
armbågarna mot bordet.

"Nej, du först …" sa Astrid lågmält.

"Jag har ordnat biljetter till Dramaten! Tänkte att vi kunde
bo på hotell och riktigt rå om varandra. Vad säger du?"

"Teaterbiljetter? När?"

”Teatern är i morgon kväll, men vi åker till Stockholm på förmiddagen.” Den väntade glädjen uteblev. Han fick en kuslig känsla i maggropen. Något var fel.

”Jag åker till Venedig i morgon eftermiddag …” sa hon tyst.

Henrik hajade till. Venedig? Vad i hela friden skulle hon dit och göra? Nu när han tagit ledigt och planerat lite trevligt på tu man hand. ”Det måste du avstå. Vi borde prioritera oss själva för en gångs skull.”

”Nej! Det går inte eller rättare sagt, jag vill inte avstå från Venedigresan.”

”Vad är som är viktigare än vårt äktenskap?”

”Jag har inte sagt att det är viktigare än vårt äktenskap, men den här resan var planerad sen tidigare.” Astrid reste sig i all hast från bordet.

All ansträngning hade varit förgäves. Det gjorde ont. ”Vem ska du resa med? … Eller låt mig gissa. Sprätten Tom?” Ilskan gjorde rösten hes.

Astrid nickade och lyfte blicken. ”Det här är en resa för konstintresserade. Vi blir flera.”

Hon skyndade ut ur köket och tog några steg uppför trappan. Henrik rusade efter. ”Du kan inte bara gå iväg så där. Hur kan du välja bort mig för den där konsttokige tråkmånsen?” Han gick ikapp henne och tog ett vänligt tag om Astrids armbåge.

Astrid flämtade irriterat till och slet sig loss från hans grepp.
"Så oförskämt! Kalla mig och de andra för tråkmånsar.
Förresten så är jag väldigt osäker på vårt äktenskap. Jag vet
inte om jag vill vara gift med dig längre."

Hennes ord träffade mitt i mellangärdet. "Vad säger du?!
Du kan inte mena allvar!" Henrik viftade upprört med
händerna. En hemsk tanke slog honom. "Tom? Är det
därför du så gärna vill till Venedig? För att låta honom
förföra dig med gondoler och annat tjafs?"

"Skall du prata om förförelse? Som man känner sig själv
känner man andra! Jag är så trött på all otrohet. Det har varit
så många gånger att jag har tappat räkningen", sa Astrid med
tårfyllda ögon.

"Men du vet att det inte betyder ett smack. Det har bara
varit på skoj. Det är dig jag älskar."

Henrik tog ett kliv närmare och lade varsamt armen om
hennes axlar.

"Jag vill skiljas …"

"Nej! Absolut inte. Det går jag inte med på." Det gungade
till av obehag i huvudet. "Du menar det inte. Lämna mig
inte. Jag ber dig!"

"Du kan inte hindra mig …"

Det svartnade för ögonen. Hjärtat slog likt en hammare på
en trilsk spik. Vad var det som höll på att hända? Han kunde
inte andas. Allt blev suddigt. Panikslaget sträckte han sig
efter Astrid.

Långt där borta hörde han skrik. Var det han som skrek?
Henrik satte sig darrande på ett trappsteg och lutade huvudet
i händerna. Han tog några djupa andetag och lyfte inte
huvudet förrän hjärtat slog någorlunda normalt. Hade Astrid
lämnat honom? Vilset tittade han sig omkring.

"Astrid!" Det var oroväckande tyst. Han stelnade till vid
åsynen av Astrid på hallgolvet.

"Nej! Men vad … Astrid!" Henrik snubblade ner för
trappan och föll på knä intill Astrid orörliga kropp.

Han satte fingrarna mot hennes hals. Ingen puls? Vad
hade hänt? "Snälla Astrid, vakna! Varför har du ett stort sår
på tinningen? Men herregud du blöder!" Han reste sig från
golvet och rusade in till telefonen. Ringa … ambulans. Tänk
om de skulle misstänka honom? Var det han som hade
skadat henne? *Vänta … jag måste tänka.*

Tänk om hon redan var död. I vilket fall som helst, så kunde
hon inte ligga där. Eller borde han inte flytta henne? Men om
hon var död?

Henrik stapplade tillbaka till hallen. Hukande pressade han
armarna under hennes axlar och drog henne varsamt efter
sig. Inte var hon väl död? Nej hon skulle säkert vakna till liv
om en stund. *Du får ligga här på mattan så länge.*

Tre korta ringsignaler ekade i det tysta huset.

Vem kunde det vara så här dags? Panikslaget tittade han på
Astrid. Han måste gömma undan henne. Henrik skyndade
mot fönstret och råkade av misstag sparka till en kartong.

Försiktigt gläntade han på gardinen. Tom? Vilken fräckhet. Aldrig i livet att han tänkte öppna.

Henrik gick tillbaka in till Astrid och lade varligt en kudde under hennes huvud. Andades hon? Han satte örat intill hennes mun och lyssnade. Inte ett ljud. Tanken svindlade. Hon var död. Hur skulle han klara sig ur det här?

Utan att tänka, hade han knuffat undan bordet och rullat in Astrid i mattan. Han måste ha kläder på sig. I morgonrock skulle folk lägga märke till honom. Snubblande for han uppför trappan och slet upp garderobsdörren. Bara ta något vardagligt.

33.

Henrik vandrade rastlöst av och an i huset. Det surrade likt en bikupa i huvudet. Vad skulle han ta sig till? Astrid var död. Han skulle förmodligen hamna i fängelse. Herregud, tänk om hon hade nämnt till någon att hon ville skiljas?

De skulle tro att han hade tagit livet av henne med flit. Varför mindes han inte hennes fall nerför trappan? Hade han knuffat henne eller hade hon ramlat av någon annan anledning?

Flera gånger hade han bestämt sig för att ringa polisen och frigjort henne från mattan, för att i nästa stund rulla in henne igen. Henrik mötte sin skrämda blick i spegeln och ryste till. Hur i hela friden skulle han ta sig ur det här?

Han kunde säga att Astrid rest bort och därefter försvunnit spårlöst eller … Villrådigt tittade han på henne. Men var skulle han göra av henne? Hon kunde inte ligga kvar här. Usch! Så groteskt det såg ut med hennes hår ihopblandat med mattfransen. Han måste göra det bättre.

För vilken gång i ordningen visste han inte längre, men det här fick bli den sista gången han rullade in henne. Henrik tog tag i hennes fötter och drog försiktigt. ”Förlåt.” Darrande lade han två fingrar mot hennes handled. Han suckade frustrerat. Händerna var så kalla av chocken, han hade ingen känsel.

Tre korta signaler ljöd från dörrklockan. Han studsade till och reste sig hastigt. Henrik rättade till håret och drog in några djupa andetag. Motvilligt gick han ut i hallen och öppnade ytterdörren på glänt.

”Hejsan! Jag skulle lämna några bilj …”

”Tom?! Astrid är inte hemma. Jag vet inte när hon kommer hem.”

”Jaså? Nog lät hon mig förstå att hon skulle vara hemma hela dagen.”

”Jaså? Jag vet inte, men jag lovar att meddela henne när hon kommer hem.”

Tom pekade på Henriks arm. ”Du har något där på skjortan.”

”Vad?!” Blod? Hur hade det hamnat där? Gud … det måste ha blivit när han …. ”Åh! Jag skar mig så illa när jag rakade mig”, sa Henrik och skrattade nervöst.

Tom tittade förvånat på honom.

"Ja, som sagt var. Jag hälsar Astrid att du har varit förbi."

Tom backade nerför trappan och nickade kort. "Det blir bra det."

Henrik stängde dörren och skyndade in i vardagsrummet. *Vad höll jag på med innan?* Tankarna snurrade som om han hade legat i en centrifug på högsta varv. Just ja, han hade tagit pulsen på Astrid och inte känt någonting. Hjärtat isade vid minnet. Astrid var död.

Blickstilla stod han i dörröppningen med vilt bultande hjärta och såg på kroppen som låg där så stilla. Han satte sig på huk och tog tag i mattkanten.

"Hoppas det inte blir allt för obekvämt …" Han såg sorgset på mattan. "Ja, nu syns inget av ditt vackra hår."

Stugan! Han skulle kunna ta henne dit. Där skulle det väl finnas en möjlighet att gömma en kropp? Han strök med handen några gånger över den stubbiga hakan och insåg att det var det bästa alternativet han hade.

…

Mörkret hade börjat sänka sig över Visby. På väg till bilen slet vinden hårt i jackan. Tårarna som rann, var en blandning av sorg och blåst. Det var vansinne det han tänkte göra, men tankarna ville inte ge honom något annat råd. Att han skulle bli arvlös på grund av ett äktenskapsförord och dessutom bli misstänkt för mord kändes orättvist.

Henrik startade bilen och backade mot ytterdörren. Än fanns tid för att lägga allt tillrätta, men tanken på att hon kanske hade pratat med sin pappa om sina funderingar, avgjorde. Allt var lugnt längs gatan, lika bra att åka till Fröjel. Henrik öppnade dörren till baksätet och sprang in i huset.

Han lyfte mattan varligt från golvet och höll den hårt mot kroppen, rädd att tappa den. Allt kändes overkligt. Hände det här verkligen på riktigt? Uh! Så tung och otymplig. Han var tvungen att ta ett steg i taget nerför trappan för att hålla balansen. "Så, nu ska vi bara in i bilen också."

Henrik baxade in byltet på sätet, men fick bara in det halvvägs. Han sprang runt bilen och öppnade den andra bakre dörren, böjde sig över mattan och drog in den på plats. Andetagen stockade sig i halsen och han började hosta.

Herregud! Hur skulle han klara av det här? När han väl kom ut till Fröjel skulle det vara kolmörkt. Han rös till. Var fanns ficklampan? Han öppnade bagageutrymmet. Vilken tur, där låg den. Henrik startade bilen och körde sakta ut på gatan.

34.

Ingria försökte röra armarna, men de satt fast som i ett skruvstäd. Hjärtat bankade vilt. Syrebrist. Aj … så ont det gjorde i huvudet. Något blött och varmt rann ner från pannan. Jag kommer att dö … luften tar snart slut.

Ingria satte sig flämtande upp på sängkanten. Dessa hemska mardrömmar. Känslan av att inte kunna röra sig fanns kvar.

Hon drog nervöst i den virkade spetsen runt handlederna på nattlinnet och hoppade ner från sängen.

Det var bråttom. Astrids liv hängde på en skör tråd och förmodligen var Ingria den enda som kunde rädda henne.

"Ge mig sista frågan. Fort!"

Inget hände. Rummet förblev vitt och sterilt. Hon såg mot det täckta fönstret. Varför hände inget? Det började isa i fötterna. Fy vad kallt! Besviket skyndade hon tillbaka till sängen. Hon stoppade fötterna i skorna och genast ljöd ett knattrande ljud. Äntligen!

Nu vill jag att du talar om för mig vilka de fyra krafterna är. De fyra elementen.

Det borde hon veta, men det var som bortblåst. Ingria bet sig osäkert i läppen och slog ut med armarna i en frågande gest.

Behöver du hjälp?

Ingria nickade. Rummet förvandlades genast till det bibliotek hon tidigare klättrat i. Hyllorna fylldes med böcker, medan olika årtal flimrade förbi i taket. "Åh! Så underbart. Jag tror mig ha förstått vad det är du vill säga."

Lyckades hon ta sig levande ur denna underliga sinnevärld skulle hon studera vidare om sin gåva. Hon bodde faktiskt granne med ett stort bibliotek. Det skulle vara en bra idé att börja där.

Den här gången klättrade hon utan att tveka och på hyllan näst högst upp hittade hon det hon sökte. Antikens

Grekland. Hon synade registret. *Där hade vi det, jord, luft, eld och vatten.* Fast hon hade svaret kunde hon inte slita sig från boken. Ett blinkande ljus flimrade till i ögonvrån och hon blev påmind om varför hon var där.

Dags att klättra ner igen.

Ingria hoppade från femte stegpinnen och landade lyckligt och väl med båda fötterna på golvet. Då var det bara att leverera svaret.

"Jag är redo för din fråga." Ingria väntade nervöst på att guldprickarna skulle stanna.

Är du alldeles säker? Du får bara en chans att svara rätt.

"Absolut! Svaret är jord, eld, luft och vatten."

Hoppsan! Du har nyttjat dina böcker. Mycket bra gjort. Det är rätt Ingria! Du är nu fri …

Prickarna av guld flöt samman och bildade den sista nödvändiga nyckeln. Ingria tog den med varlig hand och satte den i låset. Hon vred nyckeln till höger … till vänster, men vad nu? Hon vred fram och tillbaka.   "Vad är det här för dumheter?" fräste hon ilsket.

Ett knattrande ljud som liknade ett skratt bröt ut i rummet.

"Men snälla! Det finns ingen tid för skämt. Det är allvar, jag behöver komma ut." Ingria kände tårarna bränna bakom ögonlocken.

Bara en fråga till …

En frustrerad suck bröt ut från hennes läppar. "Sätt fart då."

Prickar med regnbågens alla färger snurrade i full fart på läsplattan och gjorde henne yr.

Vad är skillnaden mellan finsk och svensk kalops?

"Skillnaden mellan … skämtar du med mig?!"

Absolut inte!

Ingria satte sig ner på sängen. Vad var det för fråga? Skulle hon behöva läsa kokböcker nu också?

"Ja, det är väl bara till att göra det då." Hon tog tag i stegen och tog några kliv. *Var har vi dem någonstans? Kokböcker kanske inte finns på bibliotek? Ingen på denna hylla. Jag får prova nästa.*

"Åh! Där har vi några." Med benen dinglande från hyllkanten började hon bläddra i *Bonniers stora kokbok.* "Låt s ... kalops." Efter att ha gått igenom den sjunde kokboken slog hon irriterad igen den och kastade den på hyllan. Det här var inte klokt! Varför denna fråga?

Det fanns inga skillnader i recepten. Ja, inte några större i all fall. Hon skulle kunna be om att få en annan fråga. Benen var trötta och stumma. Det hade tagit på hennes krafter att klättra upp och ned.

"Skulle jag kunna få en annan fråga? Jag kan inte hitta något svar."

Det går tyvärr inte! Frågorna är anpassade för just dig.

"Det är så orättvist! Här har jag sökt efter svar och hittar inget. Min vän är illa ute och jag blir tvungen att stanna här och svara på löjliga frågor."

Japp!

"Driver du med mig? Perkele! Jag behöver en sup."

Bip, bip, bip … rätt svar! Du kunde svaret på frågan. Jag visste det!

"Vad menar du? Är supen det rätta svaret? Vilken fördomsfull skylt." De färggranna prickarna drogs ihop till bokstäver.

Haha! Så roligt. Det är ju du som är skylten, så fördomen är din.

Skylten slocknade. Ingria tog tag i nyckeln och vred runt. Hänglåset öppnades. Tveksamt sköt hon upp dörren och kikade ut. "Vilken mörk gång. Ska jag gå in där?"

Trevande tog hon första steget.

Surkärring! En som inte förstår sig på skämt.

Ingria ignorerade den elaka kommentaren och fortsatte in i gången. *Vad har vi här?* Två dörrar, en på var sida. Försiktigt sköt hon upp dörren till vänster. Det starka ljusflödet fick henne att backa ett steg.

Hon kisade och såg en mänsklig kontur. "Jarpo? Är det du?" Kunde det vara sant? Var det hennes enda stora kärlek som stod där i dörröppningen?

Det är jag Ingria! Jag vill väldigt gärna att du följer med mig.

Starka känslor strömmade likt i ungdomens förälskelse. Hon räckte ut handen, men kom i samma stund att tänka på Astrid. "Jag måste hjälpa en vän i nöd först." Motvilligt vände hon sig bort från Jarpo. Blicken föll på dörren till höger. *Det är väl här jag borde gå in?* Ingria vände sig tillbaka.

”Vart tog du vägen?” viskade hon hest. Med sorg i hjärtat
såg hon på den tomma väggen där Jarpo tidigare stått.
Nåja … det var väl inte riktigt dags för henne än.

Med ett bestämt tag tryckte hon ner dörrens handtag.

”Hallå Ingria! Välkommen tillbaka. Som vi har väntat på
att få träffa dig.”

Ingria tittade förvånat på sjuksköterskan vars röst hon så väl
kände igen. Hon försökte tala men fick endast fram ett
kraxande ljud.

”Vänta! Jag ska hämta lite vatten till dig”, sa sköterskan
och skyndade iväg.

*

Henrik visste inte om det var inbillning eller om den isande
vind som löpte längs ryggraden var verklig. I vilket fall som
helst frös han, trots fullt drag från värmefläkten.

”Du måste förlåta mig Astrid. Det här är fruktansvärt. Jag
förstår ännu inte vad som gick fel i trappan.” Han kastade en
snabb blick i backspegeln. Allt verkade lugnt, förutom
blåsten som ryckte och slet i bilen.

Helt plötsligt landade en drive vissna löv på bilrutan.
Skräckslaget ryckte Henrik till. Usch vad hemskt! Henrik
andades ut. Hans nerver var redan på helspänn. Han
behövde verkligen inte sådana dumheter. Tänk om ett träd

skulle blåsa omkull och blockera vägen? Nej, inte tänka negativa tankar. Det var inte långt kvar. Han körde förbi en skylt där det stod Klintehamn.

Billjus dök upp och närmade sig bakifrån. Så irriterande. *Du bländar mig i backspegeln.* Henrik saktade in. *Du skulle kunna köra om, så jag slapp ditt störande ljus. Äsch! Ligg kvar bakom då, din nöt.* Henrik ändrade taktik och trampade på gasen. *Så där ja, nu blev jag av med dig.*

"Du får ursäkta min bilkörning Astrid. Som du vet tycker jag inte om när någon ligger i hasorna och trycker." Bilen krängde till och en duns hördes. "Det var det jag befarade, nu faller träden eller åtminstone grenar." Varför skulle han prompt åka ut till stugan ikväll? Så fort han hade ställt frågan blev han påmind om svaret.

Mötande helljus dök upp bakom en krök. Henrik vinglade till. Skulle alla envisas med att blända honom? Varför inbillade han sig att någon var ute efter honom? Henrik skruvade på sig av obehag och gäspade nervöst.

Var har vi nu skylten till Sandhamn? Men det kunde inte vara sant … helt plötsligt befann sig ett irriterande billjus bakom honom igen. Ångesten steg. Var det samma bil? Eller hade den exakt samma felinställning på lyset. Sandhamn! Dags att svänga av. Henrik slår på blinkersen. *Nej! Den gör likadant!*

Henrik slog av blinkersen och fortsatte med full fart framåt. Tack och lov! Falskt alarm. Det här gick inte an, han måste lugna ner sig. Skylten mot Djupvik blev synlig. Han svängde av. Tänk att han hade jagat upp sig så pass att han valt en omväg.

Henrik körde in på gårdsplanen och stannade bilen intill stugan. Bildörren var svår att få upp mot den hårda blåsten. En unken lukt från sjön mötte honom. Villrådigt gick han fram och tillbaka. Hur hade han tänkt egentligen?

Vad skulle han göra med henne? Han hade ingen plan. Vinden rev och slet i hans kläder. Någonstans slog en dörr, troligtvis utedassets. Vad var det? Stod det någon bakom hörnet på stugan?

Nervöst riktade han lampans sken ditåt. Något som liknade en arm flaxade till i vinden. Hjärtat gjorde en frivolt. Tre prickar reflekterade ljuset. Regnrocken! Den hade ju blanka knappar på ärmen. Henrik drog en lättnadens suck. Han hade glömt att han hade hängt den där.

Han återvände till bilen och lyfte varsamt ut den ihoprullade mattan och lade den på marken framför bilen.

"Jag låter dig ligga här en liten stund."

Var skulle han gömma henne? Borde han lägga henne inne i stugan? Men tänk om någon skulle komma förbi och titta in av någon anledning? Brunnen … ja, han skulle kunna lägga henne där. Han styrde stegen ditåt. Lampan sken gungade i takt med stegen.

I bakhuvudet malde en obehaglig känsla att han inte var vid sina sinnes fulla bruk. Varför stannade han inte upp och gjorde det rätta? Nej, det fanns inget annat sätt. Han skulle aldrig klara av att sitta i fängelse. Sedan var det där med arvet, han skulle förlora allt. En ödesmättad känsla intog honom och trängde undan rösten som sa att detta var fel.

Där var locket. Han la ner ficklampan med skenet riktat mot brunnen och tog tag om handtaget med båda händerna. Locket var tungt men till slut lyckades han få bort det från hålet. En unken lukt slog emot honom.

Ljudet av en bil som närmade sig skar igenom blåsten och fick Henrik att spana ut mot vägen. *Nej! Det kan väl inte vara möjligt? Vem ger sig ut här i det här vädret?* Hjärtat bultade likt hammarslag medan bilens strålkastare närmade sig infarten. Henrik slet åt sig ficklampan och släckte den.

Hur stor var sannolikheten att något sådant kunde hända? Bilen stannade och motorn tystnade men lamporna fortsatte att lysa. En bildörr slog igen. Henrik hukade sig hastigt och kikade genom en buskes nakna grenar. En gestalt närmade sig Henriks bil.

Herregud tänk om … Astrid! Tanken slog ner som en bomb. Han måste stoppa personen. Henrik reste sig från gömstället och tog några snabba steg i mörkret, när marken helt plötsligt försvann under hans fötter.

”Ouuh … nej, nej!”

35.

Astrid vaknade långsamt. Mörkret slog mot henne när hon öppnade ögonen. Hon försökte röra sig men det gick inte. Varför var hon fastspänd? Det var svårt att andas. *Jag får inte gripas av panik.* Hon försökte samla kraft till ett rop på hjälp men avbröt sig tvärt då trycket över bröstet tycktes bli dubbelt så hårt. *Åh ... så ont det gör. Jag får inte förlora medvetandet ... jag måste hålla mig vaken ...*

...

Astrid kände hur hon rullades runt och hur trycket lossnade.

"Hallå ... Astrid! Vakna!"

Någon tog ett stadigt tag bakom hennes axlar och runt knäna. Hon lyftes från marken. Astrid drog ett in ett djupt andetag och hostade hejdlöst. Skräcken efter att ha varit fastspänd gjorde sig påmind och hon kunde inte stå emot gråten.

"Du är i säkerhet. Jag ska ta dig härifrån."

"Tom ... är det du?" viskade hon hest.

"Ja, det är jag." Tom tittade sig oroligt omkring. "Det är nog bäst om du får ligga och vila i baksätet, medan jag tar dig till sjukhuset." Han öppnade bildörren och hjälpte henne försiktigt in i bilen.

Astrid lade sig lydigt ner. I samma stund blev hon medveten om situationens allvar och rädslan kom tillbaka med full kraft. "Var är Henrik?"

"Henrik är här någonstans. Det var tur att jag fattade misstankar tidigare idag, för hur skulle det här ha slutat annars?" Tom tog filten från hatthyllan och stoppade om henne.

"Vad menar du?"

Tom satte sig tillrätta bakom ratten och startade bilen. "Vi får prata mer sen. Du behöver undersökas av en läkare."

Vad menade Tom? Hon fattade ingenting. Det ömmade rejält i huvudet. Hon lyfte handen och kände på det molande stället. Herregud vilken bula? Henrik … de hade visst haft en hetsig diskussion i morse.

Men … hon hade tappat fotfästet. Ja, det förklarade den ömma bulan, men inte varför hon befann sig här, ute vid stugan.

Tom vände sig om tittade oroligt på henne. "Hur mår du? Mår du illa?"

Hon ruskade på huvudet. "Aj … nej, men det gör ont överallt men mest i huvudet."

"Minns du vad som hänt?"

"Nej. Bara att jag var bunden … "

"Han hade lindat in dig hårt."

"Hur menar du?"

"Du var inrullad i en matta …"

Det kunde väl ändå inte vara sant? Hade hon varit så väck att hon inte hade märkt att …? Illamåendet kom från ingenstans. "Stopp! Jag måste ut, måste få luft! Snälla stanna!"

Tom tvärbromsade, skyndade sig ur bilen och öppnade bakdörren. "Kom jag ska hjälpa dig."

Hennes ben var som gelé, ingen kraft och styrsel men illamående avtog i den friska luften.

"Jag blir nog tvungen att hålla i dig. Vi sätter oss här", sa han pekade på en stenmur.

Tårarna rann. Hon klarade inte av vetskapen att Henrik skulle kunna ha gjort något så hemskt.

"Det kan väl inte vara möjligt …" Astrid snyftade mot Toms axel. Hans jacka blev blöt av snor och tårar. Generad vände hon bort huvudet. Tom halade upp en pappersservett ur fickan och räckte den till henne. Lugnande strök han över hennes rygg. Hon snöt sig och log ett darrigt leende.

Tom log tillbaka. "Känns det lite bättre nu? Kan vi åka vidare?"

Astrid nickade och satte sig bredvid honom i framsätet. Hon ville sitta nära, helst hålla hans hand. Tröttheten tog överhand och hon lät sig slappna av mot hans axel.

…

Astrid vaknade av att någon puffade henne mjukt. Förvånat mötte hon Toms blick.

"Vi är framme vid sjukhuset. Orkar du gå eller ska jag bära dig?"

Det skar till av smärta i huvudet och illamåendet kom tillbaka. "Om jag kan få låna din arm, så klarar jag det."

Sakta gick de mot ingången.

Sjuksköterskan öppnade glasluckan och såg frågande på Astrid. "Kan jag hjälpa er med något?"

Tom böjde sig fram. "Hon har blivit miss…"

Astrid föste undan honom. "Jag har ramlat och slagit i huvudet. Det gör fruktansvärt ont."

"Ni kan komma in. Jag ska hämta en läkare."

Det var tomt i väntrummet. Skönt, då kanske de inte behövde vänta så länge.

"Vi borde verkligen berätta vad som har hänt", protesterade Tom.

"Det är sant. Jag ramlade. Det hade fallit bort bara, men nu är allt klart igen."

"Men … varför gjorde han då som han gjorde?"

"Jag har fragment av färden ut till stugan. Han bad mig ideligen om förlåtelse. Vad jag förstod visste han inte hur det gick till, men det vet jag."

"Men att linda in dig i en matta …?"

Dörren öppnades och samma sjuksköterska de pratat med i luckan kom ut.

"Astrid Ståhl, var god och följ med mig."

"Kommer du med eller vill du vänta här?"

"Jag gör som du vill …"

Astrid såg bedjande på Tom. ”Du får väldigt gärna göra mig sällskap.”

…

Läkaren tog i hand och undersökte sedan noggrant hennes sår i huvudet. ”Hur gick det här till?” Han lyste med lampan i hennes ögon.

”Jag ramlade i trappan hemma.”

”Jaså?” sa han och tittade granskande på Tom.

”Åh nej! Tom var inte ens där. Det var min man och jag som … en ren olyckshändelse.”

Läkaren nickade. ”Vi måste sy ett par stygn. Såret är så pass stort. Jag säger till syster att förbereda, så kommer jag om en stund.”

”Sy?! Är det verkligen så illa?” Hon gjorde en grimas.

”Det är inte så farligt. Jag kan hålla dig i handen”, sa Tom och strök henne över kinden.

Sjuksköterskan kom in och plockade i ordning en bricka med sterila instrument. ”Så där … om du lägger dig ner på britsen, så ska jag ge dig lite bedövning.”

Astrid bet sig hårt i underläppen och knöt sina händer, medan sköterskan sprutade in den svidande vätskan. ”Så där ja, nu var det färdigt. Vi väntar några minuter.”

Astrid mötte Toms blick och log matt. ”Du är snäll som håller mig sällskap.

Tom gick fram till britsen och tog hennes hand. "Tänk inte på det. Jag är glad över att han inte hann skada dig ännu mer. Att Henrik är oskyldig till såret föringar inte det han gjorde mot dig."

Det sved till i hjärtat. Astrid kramade hans hand. "Det är svårt att förklara. Henrik har gjort mycket dumt, men det här är något helt annat. Han kan inte ha varit sig själv."

Astrid tänkte tillbaka på i kvällen före och i morse. Han hade verkligen gjort allt för att försonas. Frågan var varför? Vad hade hänt eftersom han gjorde en sådan ansträngning?

Tom såg bekymrat på henne. "Vad tänker du på?"

Dörren öppnades och läkaren kom in tätt följd av sjuksköterskan.

Läkaren satte sig på en pall intill Astrid och synade såret.

"Känner du något nu?" frågade han och kände på det.

Astrid grinade illa av bara vetskapen att han petat i såret. "Nej."

Läkaren tog en tuss från brickan och dränkte den i en kopp med något som luktade starkt och tryckte den mot såret. Astrid kände ingenting, hon slappnade av och mötte Toms bekymrade blick från andra sidan rummet. Allt kändes så bra med honom, trots den fruktansvärda händelsen.

...

"Så här är det", sa läkaren och höjde ögonbrynen. "Du har förmodligen fått en hjärnskakning. Men eftersom det redan har gått så många timmar och du ser ut att ha klarat dig bra, så kan du åka hem. Du bor ju så nära. Men se till att någon ä hos dig."

Astrid satte sig mödosamt upp och möttes av sin egen spegelbild. "Usch! Jag åker gärna hem."

"Har du någon som kan hjälpa dig?"

Henrik skulle väl snart komma hem? Det sög till i magen. Vid närmare eftertanke, vore nog det inte till det bästa. Hon undvek läkarens blick. "Jag kan nog ordna någon …"

Tom harklade sig. "Jag ska se till henne. Det finns nog en soffa att ligga på."

Kinderna hettade till. Att två män satt och pratade om henn som om hon skulle vara oförmögen att ta hand om sig.

Läkaren nickade gillande. "Det låter bra. Ni kan väl slå en signal i morgon, så vi får veta hur det gått?"

Astrid nickade. Hon kände sig färdig här och behövde gå på toaletten. De tog läkaren i hand och lämnade mottagningen. Väntrummet var lika tomt som tidigare.

"Jag måste …", sa Astrid och pekade på toalettdörren. Hon skyndade in genom dörren och låste. Herregud … hon hade inte varit på toaletten på många timmar. Snabbt drog hon ner byxorna och satte sig. Lättad lät hon det strila fritt och brydde sig inte om att ljudet ekade.

Av någon anledning kom hon att tänka på Ingria. Visst hade hon antytt ett par gånger att något var på tok? Hur var det med henne förresten? Hon tvättade händerna noga och återvände ut till väntrummet.

"Jag måste besöka Ingria."

Tom skakade bestämt på huvudet. "Vi kan besöka henne i morgon. Jag följer gärna med."

Han reste sig från stolen och bjöd henne armen. "Det är bättre om vi åker hem till mig istället, ifall Henrik har kommit hem. Vi vet inte vad han kan ta sig till."

Astrid nickade. "Ja, du har väl rätt. Jag är ganska så trött … och hungrig."

Tom strök henne över kinden och log. "Ett hälsotecken!"

*

Henrik trevade med handen längs de fuktiga stenarna. Det här var inte bra. Hur kunde han vara så klantig? Det var Astrid som skulle ha legat i brunnen, inte han. På darriga ben ställde han sig upp. Högt ovanför honom, hoade en uggla. Detta förbaskade mörker, han avskydde det. Sanningen att säga, han var mörkrädd.

Blåsten hade bedarrat. Ljudet från vågor som slog mot stenar gjorde honom frustrerad. Han måste härifrån! Det luktade unket från vattnet i brunnen. Brunnen var inte så värst vid, kanske skulle han kunna sätta en fot i vardera sida och klättra? Henrik mätte avståndet med armarna. Det borde fungera.

Han sökte med handen efter en lämplig skåra och förde foten fram och tillbaka tills det kändes stabilt. Krampaktigt höll han händerna mot sidorna medan han bit för bit förflyttade sig allt högre upp. Brunnens skämda lukt förbyttes till sjöns friska luft när han närmade sig brunnens övre ring. Henrik högg tag med ena handen om kanten till friheten.

Nu var det bara att samla kraft till den sista manövern. Att flytta den andra handen intill den andra, för att till sist häva sig över. Fötterna hade blivit stela av vätan. Det var inte mycket av känsel kvar i dem.

Han blickade upp i mörkret och bad en tyst bön om hjälp. Henrik drog in ett djupt andetag och hävde sig mot kanten.

Ett väsande skri ekade genom skogen i samma stund han lade sin hand på en fuktig päls.

Panikslaget släppte han taget om kanten och föll handlöst. En skarp smärta högg till i foten när han landade med en duns i botten. Han grinade illa och försökte resa sig, men föll tillbaka. Något varmt rann från ena armbågen. Med bävan kände han efter och höll upp handen mot månens ljus. Blod. Jackans ärm hade slitits av vid fallet.

Henrik satte sig darrande ner igen, brydde sig inte längre om att vätan trängde igenom byxorna. Skulle de hitta honom levande? Han huttrade av köld och obehag. En fruktansvärd tanke slog rot, han skulle bli benämnd som liket i brunnen.

Tröttheten gav sig tillkänna trots iskalla byxor och dunkande fot. Han slöt ögonen. Kroppen blev allt tyngre. Brunnen fylldes helt plötsligt av ett varmt ljus och all smärta försvann.

Hallå! Henrik. Hur har du det?

”Astrid? Är det du?” Han gnuggade ögonen, men lyckades inte se mer än en suddig kontur i brunnens öppning. ”Kan du hjälpa mig” Äsch! Inte var hon där. Han hallucinerade.

Jag skulle vilja hjälpa dig, men det är omöjligt. Det är bara du som kan göra något åt saken.

”Vad menar du?”

Du måste komma till insikt Henrik. Det är först då, du kan hjälpa dig själv.

”Jag vet inte vad du pratar om …”

Då är det illa. Då finns det ingen hjälp att få.

”Vem pratar jag med? Vart tog Astrid vägen?”

Jag är här! Vid min sida har jag Tom. Vi kan tyvärr inte hjälpa dig. Du får ha ett fortsatt bra liv.

”Astrid! Försvinn inte. Du måste hjälpa mig härifrån.”

Siluetterna vid brunnens öppning var borta. ”Jag orkar inte mer … är så trött.”

…

Regndroppar föll på Henriks huvud. Tänderna skallrade utan att han kunde hindra det. Känseln var borta, förutom foten som envist gjorde sig påmind med hårda hugg.

"Förlåt! Jag lovar att bli en god människa, bara någon vill förbarma sig över mig." Den här gången hade han gått över gränsen. Varför var det så svårt att stå emot kvinnor? Ärligt talat så hade han tappat räkningen på hur många han … Det var svårt att ta orden i mun.

Stackars Astrid, Nu var det försent. Han hade dödat henne, men inte med avsikt. Vem var det som stått och tittat ner på honom i brunnen och var befann sig Astrid nu? Låg hon ännu kvar där, helt ensam? Tårarna började rinna. Det skulle inte vara mer än rätt om han dog eller blev tvungen att fortsätta sitt liv som munk. Han knäppte händerna och började trevande be om sina synders förlåtelse.

*

Astrid såg förvånat ut i mörkret. *Var är jag?* Det här var definitivt inte hemma. Hon fick fatt i bordslampans sladd och tryckte på strömbrytaren. Javisst … så var det. Armbandsuret visade halv fyra. Det skulle förmodligen dröja länge än innan Tom vaknade.

Hade Henrik kommit hem vid det laget tro? Deras situation hade förvandlats till en mardröm. Vad hade han egentligen planerat att göra där ute vid stugan? Hon ryste vid tanken på mattan. Den hade varit så hårt lindad att hon inte hade kunnat få loss sin arm, som hade legat helt galet.

Astrid mindes nu mycket tydligt hans ord. Att han skulle ha tagit livet av henne stämde inte. Nej, det var en olyckshändelse. Lite svårt var det dock att ta in det senare av händelsen. Tänkte han gömma henne där?

"Usch!" Tom hade försökt övertyga henne att det inte fanns något annat alternativ än att gå till polisen. Men hon ville inte att Henrik skulle råka illa ut, trots allt han gjort mot henne. Men det fanns inte längre någon framtid för dem tillsammans. Tanken på Tom gjorde henne varm. Astrid var säker. Att fortsätta ett liv med Henrik var uteslutet, de måste skiljas. Hon slöt ögonen och la sig bekvämt tillrätta.

…

Astrid öppnade ögonen och möttes av mörkret. Vad kunde klockan vara? Det hade inte blivit mycket till sömn. Hon hade vaknat gång på gång av otäcka drömmar för att sedan ligga och snurra fram och tillbaka med huvudet fullt av tankar. Var befann sig Henrik? Vad tänkte och planerade han i nästa steg?

En sak var säker, hon ville skiljas. Hur skulle hon kunna leva tillsammans med honom efter det här? Det var fasansfullt och kriminellt det Henrik hade gjort. Men hon ryggade inför all uppståndelse som skulle bli om det kom ut.

Hur hade förloppet blivit om han vetat att det var en olyckshändelse? Ja, inte hade han gjort så här i alla fall. Henrik hade aldrig burit hand på henne. Det han hade gjort var hemskt, men han måste ha tappat allt vett och sans.

Astrid gned den ömmande armen. Hon måste ha sträckt den eller fått en bristning i en muskel efter att ha legat så galet inne i mattan.

Det knackade lätt på dörren.

"Ja ..."

Dörren öppnades och ett svagt sken fyllde rummet. "God morgon! Hur mår du?", sa Tom och log försiktigt.

"Det har varit en hemsk natt", sa Astrid och ryckte uppgivet på axlarna.

"Ska jag lämna dig ifred så du får sova en stund till?"

"Det är det som är problemet. Jag kan inte sova. Allt snurrar ..." Synen blev suddig. Hon orkade inte förklara. Tom tog några snabba kliv och drog in henne i sin famn.

"Du kunde ha ropat."

Astrid kände hans varma kropp genom den tunna skjortan hon lånat av honom. "Jag vet ... men det är som om jag inte kommer ur gårdagens händelse. Allting ältas om och om igen."

Hon mötte Toms blick i det skumma ljuset. "Du är så fin på alla sätt, men ..."

"Astrid, jag förstår." Han släppte greppet om henne och reste sig från sängen. "Skulle det inte sitta fint med en kopp kaffe?"

Astrid nickade, paff över hans hastiga fjärmande. Hon hade mer än gärna suttit med hans armar runt sig en stund till. Hon tittade besviket ner på täcket och slätade förstrött till det.

Hon hörde lättnaden i Toms skratt. "Allt kommer ordna sig", sa han och räckte henne sin morgonrock. "Ta den! Jag säger till när frukosten är färdig."

Astrid drog den till sig, tryckte näsan emot och sniffade. En våg av välbehag sköt genom kroppen. Hon makade sig tillrätta i sängen med morgonrocken över sig och gäspade stort. Det kändes med ens ganska bra. Hon kanske kunde blunda en stund, tills kaffet var klart.

...

Förvånat tittade hon upp i Toms mörka ögon. "Åh … jag somnade visst till slut ändå."

Han satte ner frukostbrickan på bordet intill sängen. "Jag hade inte hjärta att väcka dig. Du behövde verkligen få sova."

Astrid makade sig upp mot väggen och tog emot muggen med kaffe. "Så snällt."

"Jag var förbi bagaren och hämtade bröd. Passade även på att åka förbi ert hus. Henriks bil var inte hemma."

"Inte hemma? Vart har han tagit vägen då? Tror knappast han är kvar vid stugan." Kunde han vara så korkad att han sökt upp någon av sina tidigare flickvänner? "Strunt samma! Jag behöver faktiskt inte bekymra mig om honom."

Tom räckte fram ett fat med två smörgåsar. "Skinka eller ost?"

Astrid tog ostsmörgåsen som var vackert dekorerad med sallad, gurka och tomat. Det märktes att han hade lagt ner möda på smörgåsarna. Hon tog en stor tugga och njöt av det nybakta brödet.

”Jag skulle vilja besöka Ingria så fort som möjligt. Fast först behöver jag åka hemförbi.”

Han nickade och log. ”Sömnen gjorde dig gott. Du ser betydligt piggare ut.”

Hon svalde den sista slurken kaffe och räckte honom muggen. ”Tack så mycket! Nu får jag se till att bli färdig. Kan du lämna mig en stund? Tänkte klä på mig.”

Tom reste sig och gav henne ett leende. ”Absolut! Om du insisterar. Vi ses där nere.”

Astrid kunde inte förneka att hon attraherades av Tom. Det var väldigt längesedan hon upplevt något liknande. Henriks otrohetsaffärer hade förstört känslorna. De senaste åren hade mest varit en kamp om att ha det perfekta äktenskapet, utåt sett.

Skilsmässa var ett tungt beslut att fatta. Men hon orkade inte längre och efter det som hände igår, hade hon inget val. Hon tänkte inte anmäla honom. Hon var säker på att han inte hade varit sig själv. Det här skulle stanna mellan dem tre och så måste det förbli.

Tom och Astrid gick sida vid sida genom korridoren på sjukhuset. Hon var glad. Nyheten att Ingria hade vaknat var den bästa på länge. Hon tryckte på ringklockan utanför intensivvårdsavdelningen och väntade därefter spänt på att få träffa Ingria.

Dörren öppnade. En lång, smal sjuksköterska med stramt ansikte mötte dem. ”Ja? Vem söker ni?”

”Ingria Koponen! Jag pratade med någon för en stund sedan. Hon hade visst vaknat …”

Sjuksköterskans strama ansikte förbyttes till ett brett leende. ”Ja, Ingria vaknade helt plötsligt i natt. Varsågod och stig in. Ni får vänta här en liten stund”, sa hon och pekade på ett par stolar i korridoren.

Som tidigare blev hon påverkad av den fräna sjukhuslukten och rynkade på näsan.

Tom såg oroligt på henne. ”Du tänker väl inte svimma?”

Astrid skakade på huvudet. En dörr längre ner i korridoren öppnades och sjuksköterskan skyndade mot dem.

”Ingrias läkare vill väldigt gärna byta några ord med er innan ni går in till henne.”

Ville han prata med dem? Var det något på tok i alla fall? Astrid reste sig snabbt. ”Jaså? Naturligtvis …”

De sterila väggarna gav henne dåliga vibbar. Varför kunde man inte ha lite färg? Det vita speglade en känsla av död. Sköterskan knackade försynt på läkarens dörr.

"Ingria Koponens vän Astrid Ståhl är här."

Läkaren reste sig från stolen och gick mot dem med stora kliv. "Välkomna! Sätt er."

De slog sig ner i tvåsitssoffan medan han själv lutade sig mot skrivbordskanten. Läkaren log som hastigast och plockade av sig glasögonen. "Som sagt var, Ingria vaknade i natt. Allt ser mycket bra ut och hon svarade bra på alla snabbtester. Det som förbryllar oss, var hennes oro. Vi försökte lugna henne med att berätta var hon befann sig men det spelade ingen roll, för det verkade hon väl medveten om."

Han stoppade ena glasögonskalmen i munnen och tuggad förstrött.

Astrid mötte läkarens blick och nickade.

Han tog skalmen ur mun och stoppade glasögonen i rockfickan.

"Ingria pratade väldigt mycket om dig, Astrid. Vi fick lova att ta kontakt med dig. Skulle vi inte få kontakt med dig, kunde det vara så att du hade ramlat i en brunn … någonstans." Läkaren höjde ögonbrynen och knep ihop munnen. "Det låter helt befängt, jag vet. Men nu har jag i alla fall gjort det hon bad mig om."

Tom flämtade till. "Det kan …"

Astrid lade sin hand på hans och såg på honom med en varnande blick. "Då är det bra om hon får se att jag mår bra."

”Ja! Men hon sover djupt för tillfället och det är bra för hennes läkningsprocess. Så mitt förslag är att vi ringer dig, när hon piggnat till. Ska vi säga så?”

Astrid och Tom tackade läkaren och lämnade avdelningen. Hon hade en märklig känsla i magen. Hade Ingria uttalat sin oro över henne, var det helt klart något att ta på allvar. Kunde det ha något med gårdagen att göra? Någon brunn … vadå för brunn? Hade Henrik tänkt slänga henne i en sådan?

…

Gårdagens storm hade bedarrat men grenar längs vägens kant vittnade om det gångna ovädret.

”Tack för att du tog mig på allvar”, sa Astrid och smekte Toms hand.

”Ja, du får ursäkta, men jag har väldigt svårt att tro på sådant hokus pokus.”

Astrid såg på Tom och brast ut i skratt. ”Lite nyfiken är du allt.”

Tom knep ihop munnen och blängde på henne med en låtsat besvärad min. ”Vad gör jag inte för dig. Då kanske vi kan få dig att slappna av så småningom.”

”Åh nej! Ser du trädet? Det har förstört hela taket på huset”, utbrast Astrid förfärad. De stannade till vid vägkanten.

”De ser ut att ha fått hjälp. Vi kan åka vidare.”

De svängde av mot Sandhamn och körde sakta längs grusvägen. Ofrivilligt steg pulsen. Vad väntade dem vid stugan? Astrid pekade med darrande hand. "Henriks bil står fortfarande här och där ligger även mattan."

Tom parkerade utanför gården. Deras blickar möttes för ett kort ögonblick innan de klev ur. Tom närmade sig ett av stugans fönster.

"Försiktigt, han kan se dig", viskade Astrid och ställde sig bakom husknuten.

Tom spanade in genom fönstret. "Astrid, det är ingen i stugan. Han måste vara här ute någonstans."

Hon såg sig skrämt omkring. Så fruktansvärt. Att behöva vara rädd för sin egen man.

En jämrande gråt bröt tystnaden.

"Vad var det?" utbrast Astrid förfärad.

"Jag tyckte det lät som människogråt, men jag kan ha hört fel. Nej! Där var det igen", sa Tom förvånat.

Sakta gick de mot det hjärtskärande jämret.

"Brunnen!" utbrast Astrid.

Hon tordes inte gå fram, rädd för vad hon skulle möta i dess djup.

"Henrik! Är det du?" sa Tom prövande.

En hulkande klagan bröt ut från brunnen. "Inte mer drömsyner. Jag orkar inte mer."

Tom satte sig på huk och kikade ner. "Henrik! Hur har det här gått till?"

"Tom! Är det verkligen du eller drömmer jag?"

"Jag är verklig, jag lovar!"

Astrid närmade sig några steg men stannade tvärt när Tom satte upp handen till stopp.

"Tom … jag har gjort något fruktansvärt. Astrid är död."

"Så … vad har du gjort?"

"Jag … jag …"

Nu klarade inte Astrid av att höra hans ynkliga röst längre. Av någon märklig anledning tyckte hon ändå synd om honom. "Säg inte mer! Jag är inte död och det som hände i trappan var inte ditt fel, det var en olyckshändelse."

"Vad … är det sant?" Henrik började gråta allt högre. "Förlåt!"

Tom sträckte sig efter ficklampan och tände den. "Det är mörkt där nere. Här får du lite ljus. Har du någon idé hur vi kan hjälpa dig upp?"

Henrik ruskade uppgivet på huvudet. "Jag har brutit foten och kan inte stå upp."

Astrid mötte Toms blick. "Jag har ingen idé, vi blir nog tvungna att kalla på hjälp", sa hon och slog ut med händerna.

Tom kliade sig i huvudet och såg sig omkring. "Om jag inte minns helt fel, så såg jag en telefonkiosk en bit bort."

Tom böjde sig över den mörka brunnen igen. "Vi tar oss till en telefon, kommer strax tillbaka."

"Snälla … lämna mig inte ensam."

Astrid nickade. "Jag stannar, det är ingen fara."

Tom trutade med munnen och lade huvudet på sned. "Är du säker?"

"Absolut! Vad kan hända? Jag lovar att hålla mig här."

Tom reste sig och gick mot bilen med raska steg. Astrid böjde sig över kanten och tittade ner. Det som mötte henne i skenet från ficklampan var en ynklig syn. Rädslan dunstade bort.

Henriks ångerfulla blick mötte hennes. "Astrid … förlåt."

"Du är förlåten men jag har svårt att förstå hur du egentligen tänkte."

"Önskar att jag hade ett svar men jag vet faktiskt inte. Jag fick panik och allt blev en enda röra, minns inte …"

"Henrik! Kan du lova mig en sak?"

"Just nu kan jag lova dig vad som helst. Älskar dig …"

Astrid tvekade, visste inte hur hon skulle säga orden. "Jag … jag vill skiljas. Du måste lova mig att skriva på utan bråk."

Henrik suckade tungt. "Då är det sant? Finns det inget som kan förändra det?"

Hon höll tillbaka gråten som stockade sig i halsen. "Nej."

”Då har jag inget val”, sa Henrik lågmält.

En stor lättnad spred sig inom henne. ”Jag kräver även att du söker hjälp. Det här traumat kommer troligtvis inte att gå obemärkt förbi. Du måste förstå att jag vill att du ska må bra.”

Henrik nickade. ”Har Tom kommit tillbaka? Känseln i benen har försvunnit, jag börjar bli rädd.”

”Ja, han kom precis.”

Astrid reste sig och skyndade fram mot Tom. ”Fick du tag i dem?”

”De är snart här. De skickar ut både brandkår och ambulans. Jag tog med en filt till honom”

”Hörde du Henrik! De är på väg”, ropade Astrid tröstande.

”Tack”, mumlade Henrik till svar och svepte filten om sig.

Tystnaden bredde ut sig mellan dem medan de väntade på räddningen.

”De är här! Jag går ut och visar dem vägen”, utbrast Tom och skyndade iväg.

Astrid och Tom följde på avstånd hur en brandman firades ner i brunnen för att minuterna senare dras upp tillsammans med Henrik. Han placerades på en bår, som bars till den väntande ambulansen.

Borde hon gå fram och se efter hur han mådde? Nej, det hade förmodligen gjort dem båda generade. Det var nog bäst

att han fick åka iväg ensam med sina tankar. Han hade en hel
del att ta sig igenom.

"Hur mår du?" undrade Tom och lade armen om hennes
axlar.

"Vill du höra något märkligt?"

Tom nickade.

Astrid skrattade till. "Det var längesedan jag mått så bra.
Trots blåmärken och sår."

Tom pekade på bilen. "Ska vi åka?"

"Kan du vänta ett ögonblick?" Astrid skyndade tillbaka till
brandmännen som höll på att packa ihop sin utrustning.

"Skulle ni kunna vara så vänliga att sätta över
brunnslocket?"

Brandmannen mötte hennes blick och log. "Det är redan
fixat. Henrik var väldigt bestämd på den punkten att det
skulle åtgärdas innan vi for härifrån."

Hon tackade för hjälpen och återvände med ett stort lugn i
hjärtat till den väntande Tom.

Henrik kastade en hög med kläder på sängen för att sedan själv landa ovanpå. Lägenheten kändes bra. Den var betydligt mindre än huset han delat med Astrid, men den räckte mycket väl till för honom. Han tittade på röran av oplacerade möbler och kartonger och suckade.

Mycket jobb som låg framför honom. Tyvärr hade han inte kunnat parkera bilen så nära som han velat, men det var väl en vanesak.

Brevet från försäkringskassan låg ännu oöppnat. Det var bäst att se efter, så han inte missade något. Han hade inte varit sjukskriven på år och dar och var lite osäker på hur det fungerade.

Telefonens höga signal ekade i lägenheten.

”Ja, det är Henrik Ståhl här.”

”Hej! Jag heter Emma Larsson och är psykolog. Jag har fått en remiss från din läkare och nu skulle jag vilja boka in en tid med dig.”

”Åh … det hade jag glömt bort.” Behövde han verkligen besöka en psykolog? Det hade gått två månader sen händelsen vid stugan och han tyckte sig må riktigt bra. Han hade inte haft ett endaste bekymmer med kvinnor, intresset hade svalnat.

”Vad säger du? Jag har ett återbud idag klockan tre. Passar det?”

"Jag tror inte att jag behöver, men låt gå." Henrik ångrade sig så fort han lagt på luren. Egentligen hade han tänkt åka till stugan i eftermiddag, men den fanns ju kvar och kunde vänta. Han var så tacksam över att få behålla både stugan och bilen. Nu kunde han göra precis vad som behagade honom. Men märkligt nog hade han inga speciella önskemål längre.

...

Henrik parkerade Mercedesen vid Södercentrum och gick till fots ner till Emma Larssons privatklinik vid hamnen. En liten bjällra plingade välkomnande vid dörren när han öppnade och klev in. Han hängde av sig jackan och satte sig en bullig fåtölj.

Från en högtalare spelades klassisk musik på låg volym. Det doftade ros! Inte så konstig. På disken stod en stor bukett med röda rosor placerade i en djup vas.

En dörr öppnades och en långbent kvinna klädd i kjol och blus tittade nyfiket på honom.

"Är det Henrik Ståhl?", undrade hon och log ett perfekt rött leende med kritvit tandrad.

"Ja ... ehum", stammade Henrik fram.

"Varsågod och kliv in! Du kan slå dig ner i den sköna soffan. Sträck ut dig om du så önskar", sa hon och trippade fram i sina högklackade sandaletter. "Eller hur var det? Du tyckte dig kanske inte behöva min tid?"

Hon slog sig ner, lade elegant det ena benet över det andra och såg på honom med stora ögon.

"Jag vet inte varför jag sa så där, för jag behöver verkligen
få komma till någon som dig. Livet är väldigt tufft just nu.
Kan du hjälpa mig?" undrade han och slog sig ner i den
mjuka soffan.